KB218629

톨스토이를
쓰다

큰 글씨 책

━⟨○⟩⟨⟩

슈테판 츠바이크 평전시리즈 1

톨스토이를 쓰다

초판 1쇄 인쇄 2020년 2월 26일
초판 1쇄 발행 2020년 3월 5일
-

지은이 슈테판 츠바이크
옮긴이 원당희
펴낸이 이방원
편집 김명희·안효희·윤원진·정우경·송원빈·최선희
디자인 양혜진·박혜옥·손경화
영업 최성수 **기획·마케팅** 정조연 **업무지원** 김경미
-

펴낸곳 세창미디어
출판신고 2013년 1월 4일 제312-2013-000002호
주소 03735 서울특별시 서대문구 경기대로 88 냉천빌딩 4층
전화 02-723-8660 | 팩스 02-720-4579
이메일 edit@sechangpub.co.kr | 홈페이지 http://www.sechangpub.co.kr
-

ISBN 978-89-5586-586-8 03850

ⓒ 원당희, 2020

_ 이 책에 실린 글의 무단 전재와 복제를 금합니다.
_ 책값은 뒤표지에 있습니다.

이 도서의 국립중앙도서관 출판시도서목록(CIP)은 서지정보유통지원시스템 홈페이지(http://seoji.nl.
go.kr)와 국가자료공동목록시스템(http://www.nl.go.kr/kolisnet)에서 이용하실 수 있습니다.
(CIP 제어번호: 2020006987)

STEFAN

톨스토이를 쓰다

ZWEIG

슈테판 츠바이크 평전시리즈 **1**

원당희 옮김

세창미디어
MEDIA

Lev Nikolaevich Tolstoi

톨스토이

1828~1910

그토록 강렬하게 작용하고,
모든 인간으로 하여금 삶의 작품처럼,
결국은 전체적인 인간의 삶처럼
같은 목소리를 내게 하는 것은 아무것도 없다.
〈1894년 3월 23일, 일기에서〉

CONTENTS

전주곡

인간이 도달하는 도덕적 완성이 중요한 것이 아니라
완성해 나가는 과정이 중요하다.
-노년의 일기

"우스 땅에 한 남자가 살았노니, 그 자는 신에 대한 경외심이 순박하고 정직하여 악을 피하였더라. 그런데 그의 목축은 7천 마리의 양과 3천 마리의 낙타, 5백 마리의 나귀가 있었고 그 밖에 수많은 하인들이 있었노라. 그는 동방에 살았던 그 모든 자 중에서 가장 뛰어난 자였더라."

신이 부귀를 누리던 욥에게, 안일에서 깨어나 영적 고통을 앓도록, 손을 들어 내리치고 나병으로 시험하는 욥기는 이렇게 시작된다. 레프 니콜라예비치 톨스토이Lev Nikolaevich Tolstoi의 정신적 이야기도 같은 식으로 시작된다. 그 역시 전통적 가문에서 풍족하고 안일하게, 지상의 권세를 누리면서 "상부에 앉아" 있었다. 그의 육체는 건강과 정력으로 넘쳐흘렀고, 그가 사랑하여 갈구한 소녀를 그는 부인으로 맞이할 수 있었다. 그리고 부인은 그에게 열세 명의 자녀를 낳아주었다. 한편 그의 두 손과 영혼으로 완성된 작품은 불멸의 것으로 자라나 시간을 초월하여 빛을 발한다. 야스나야 폴랴나의 농부들은 이 대지주가 지나가면 존경심에 가득 차 고개를 숙인다. 아니, 온 세상이 그의 찬란한 명성에 경애의 인사를 드린다. 시험받기 전의 욥처럼, 레프 톨스토이 역시 더 이상 바랄 게 없는 상태로 머무른다. 언젠가 그는 서한에서 가장 방자한 인간의 말을 적는다. "나는 한량없이 행복하다."

그런데 하룻밤 사이에 갑자기 그 모든 것이 아무런 의미와 가치도 지니지 않는다. 일하는 것이 싫증나고, 부인이 낯설며, 애들까지도 귀찮아진다. 한밤중에 그는 움푹 파인 침대에서 일어나 몽유병자처럼 정신없이 사방을 헤매고, 낮에는 몽롱한 손과 흐릿한 눈빛으로 그의 작업실 책상에 멍하니 앉아 있는다. 그러던 어느 날 그는 부리나케 계단을 밟고 위층으로 올라가, 사냥총을 책장에다 발사하여 자신에게 총부리를 겨누고 싶은 충동을 억제한다. 번번이 그는 가슴이 몹시 두근거려 신음하며, 어린애처럼 어두컴컴한 방 안에서 흐느낀다. 그는 더 이상 편지도 꺼내보지 않고, 친구도 접견하지 않는다. 아들들은 서먹서먹한 눈빛이고, 부인은 갑자기 음울해진 남편에게 절망감을 느낀다.

이 같은 돌변의 원인은 무엇인가? 병이 그의 생명을 비밀스럽게 파먹거나, 아니면 나병이 육체에 퍼지기라도 했단 말인가? 그도 아니라면 불행이 외부에서 돌연 그에게 밀려들어 왔더란 말인가? 무슨 일이 그에게, 레프 니콜라예비치 톨스토이에게 일어났기에, 모든 자 중의 최강자가 그토록 갑작스럽게 낙담하는 것이며, 러시아 땅의 최고 권력자가 그토록 비참하게 여위어가는가?

단적으로 잘라 말해 대답은 아무것도 아니었다! 아무 일도 그에게 발생하지 않았거나, 또 한번 냉정하게 말하자면 원인은 본원적으로 '무無'였다. 톨스토이는 사물의 배후에서 무를 통찰했던 것이다. 그의 영혼에서 무엇인가 찢겨나가 내부를 향하여 균열이, 좁고 거무스레한 틈이 벌어졌던 것이다. 그리하여 충격받은 눈빛으로 그는 공허를, 우리들 자신 속에서 따뜻하고 힘차게 맥박치는 삶 뒤에 숨어 있는 색다르고 낯선 것을, 가볍게 비약하는 존재 배후에 도사린 '영원한 무'를 들여다보지 않을 수 없었다.

한번 이 형용할 수 없는 심연을 들여다본 자는 어둠이 감각으로 흘러들어와 삶의 광채와 색깔이 흐려진 눈초리를 되돌릴 수 없다. 입가의 웃음은 꽁꽁 얼어붙어 버리고, 이런 추위조차 느끼지 못할 만큼 두 손은 마비되어 버린다. 그는 더 이상 아무것도 볼 수 없기에 다른 존재를 생각할 틈도 없게 되는 것으로, 그에게는 오직 허무, 무無만이 남아 있다. 사물들은 방금까지도 충만하던 감정 상태에서 시들고

무가치하게 변모한다. 명성은 바람을 잡으려는 헛손질이 되고, 예술은 바보장난이, 돈은 누런 찌꺼기가, 건강하게 호흡하는 육체는 벌레들의 거주지가 되어 버린다. 모든 가치들의 수액과 단맛을 어둠의 보이지 않는 검은 입술은 무섭게 빨아 없앤다. 언젠가 피조물의 온갖 근원적 불안을 자아내는 이 공포의 무, 모든 것을 남김없이 먹어치우는 밤의 정적이 누군가에게 입을 벌렸을 때, 세계는 차디차게 얼어붙었던 것이다. 에드거 앨런 포의 《수렁Maelstrom》이 그러했고, 높낮이에 있어서 정신의 하늘보다 더 깊은 파스칼의 《심연》이 그러했다.

이를 거역하는 어떠한 위장과 은폐도 모두 헛된 일이다. 이를 신이라 부르고 신봉한다 해도 부질없는 짓이며, 복음서의 종이로 검은 구멍을 메운다 해도 전혀 소용없는 일이다. 그러한 원초적 어둠은 어떠한 양피지라도 꿰뚫어 버리고, 교회의 촛불들 또한 꺼버리기 때문이다. 우주의 극단에서 몰아치는 혹독한 차가움은 말마디의 미지근한 숨결로는 데워지지 아니하는 법이다. 숲 속의 어린애들이 그들의 불안을 노래로 달래는 것처럼, 이 죽음을 안고 있는 정적을 소리쳐 뿌리치려고 외쳐보아도 모두 소용없는 짓이다. 어떤 의지도, 어떤 지혜도 언젠가 몹시 경악한 자의 시든 심장을 밝게 해주지는 못한다.

세계에 한창 영향력을 행사할 54세의 나이에, 톨스토이는 최초로 거대한 무의 심연에 눈길을 돌렸다. 그리고 이 순간부터 저 임종 시까지 그는 꼼짝도 하지 않고 그 검은 구멍, 자기 존재의 배후에 도사린 파악 불가능한 내면을 응시한다. 하지만 무 자체를 향하면서도, 레프 톨스토이의 눈빛은 이를 데 없이 명료한바, 이는 우리 시대가 체험할 수 있는 인간의 눈빛 중에서도 가장 지혜롭고 정신적인 눈빛이다. 결코 어떤 남성도 그렇게 거인적인 힘으로 형용할 수 없는 것, 무상함이라는 비극과 투쟁하지 아니했다. 결코 어떤 사람도 '인간을 향한 운명의 물음'에 대하여 '운명을 향한 인간의 물음'을 결단력 있게 제시하지 않았다. 실로 어떤 사람도 이 공허하고 영혼을 빨아먹는 피안의 눈초리를 그토록 무섭게 겪은 바 없었고, 어떤 사람도 그것을 그처럼 비상하게 참아낸 바 없었다. 그도 그럴 것이 여기서 검은 눈동자의 남성적 양심은 명료하고 대담하게, 그리고 활기차게 관찰하는 예술가의 눈빛을 발하기 때문이다. 결단코 한 순간도 레프 톨스토이는 현존의 비극 앞에서 비겁하게 눈을 내리깔거나 감은 적이 없었다. 우리들 새 시대의 예술은 그야말로 가장 명석하면서도 진실되고, 가장 순정한 눈빛을 대하는 것이다. 파악할 수 없는 것 자체에 대해서는 비유적인 의미를, 회피할 수 없는 것에 대해서는 진리를 제기하려는 그의 영웅적 시도는 따라서 빼어나기 그지없는 것이다.

20세에서 50세에 이르는 30년 동안, 레프 톨스토이는 잠자는 듯 근심없고 자유롭게 살았다. 반면에 50세에서 종말에 이르는 30년 동안은 오직 인생의 의미와 인식을 위하여 살았다. 자신에 대해 측량할 수 없는 과제를 제기할 때까지, 자기 자신뿐만 아니라 진리를 얻으려는 투쟁을 통하여 전 인류를 구원하기까지 그는 편안할 날이 없었다. 그는 그 어려운 일을 감행함으로써 영웅의 경지, 아니 거의 신성한 경지에 도달한다. 그런 것을 위해 죽은 것이 그를 가장 인간다운 인간으로 만들었다.

초 상

내 얼굴은 평범한 농부의 얼굴이었다.

울창한 숲처럼 보이는 그의 용모. 빈터보다는 총총한 산림이 많아서 그 속의 광경을 보려고 들어가려는 어떤 것도 거부하는 용모. 물결치는 수염은 사방에서 바람에 흔들리면 뺨 위로까지 밀려가고, 게다가 감성적인 입술을 수십 년간이나 뒤덮는가 하면 노출된 갈색 피부의 딱딱한 살갗까지도 그늘로 가린다. 턱 아래쪽으로도 손가락만큼 굵은 수염의 다발이 숲을 이루고, 짙은 눈썹은 나무뿌리처럼 뒤얽혀 있다. 조수처럼 나부끼는 잿빛 머리카락은 머리에서 치렁치렁 흘러내리고, 굵은 수염 다발로 혼란한 얼굴은 전체적으로 불안하다. 사방에서 혼잡하고 무성하게 자라난 그 기름진 머리카락은 태고의 원시림을 방불케 한다. 미켈란젤로의 조각품 모세, 가장 남성다운 인간의 초상을 볼 때와 똑같이, 톨스토이의 용모를 관찰하는 사람은 우선 성부聖父의 하얗게 휘날리는 커다란 턱수염만을 인지한다.

그렇기에 수염으로 뒤덮인 얼굴의 진정한 모습을 내적으로 인식하고 표정과 수염을 구분하기가 여간 곤란한 것이 아니다(수염이 없었던 젊은 시절의 모습들이 그런 조형적 인상을 파악하는 데 많은 도움이 될 것이다). 하지만 젊은 시절의 얼굴을 본다 해도 놀라움은 역시 클 것인데, 왜냐하면 도저히 얼굴을 인정할 수가 없기 때문이다. 이 귀족신분의 정신적 인간에게서 드러나는 얼굴은 근본적으로 투박하고, 도대체가 농부의 얼굴과 다를 바 없음을 부인하지 못한다. 농부 얼굴의 천재는 검게 그을린 비천한 오두막, 러시아 고유의 천막집을 거주지 겸 작업장으로 선택했다. 그리스의 신성한 전당이 아니라 너저분한 시골 사당이 영적으로 풍부한 인간의 거주지로 자리잡고 있었다. 이에 어울리는 것이 바로 그의 촌스러운 모습이다. 그의 평평한 이마의 사각진 대들보는 작은 창틈의 눈망울 위에서 균열된 나무처럼 무디게 깎여져 거칠거칠하며, 피부는 흙과 모래를 섞은 것처럼 두툼하고 거무스레한 것이다. 한편 불룩 솟아 벌름거리는 코 하나가 정방향의 거친 얼굴 한복판에서 주먹으로 맞은 듯 널찍하게 허물어져 있으며, 볼품없이 축 늘어진 두 귀는 헝클어진 머리카락에 깊숙이 가려져 있고, 두툼한 입술에 투박한 모양의 입자위는 불룩한 양쪽 뺨 사이에 덩그러니 놓여 있다. 아무리 보아도 그의 얼굴은 둔감한 형태로서, 거칠기만 하고 거의 범부의 평범함만 엿보이는 모습이다.

이 비극적 거장의 얼굴에는 도처에 그늘과 수심이 가득하고, 비천함과 우울이 배어 있다. 어느 곳을 보아도 높은 곳을 향하는 도약의 조짐이나 도도한 갈망의 빛, 저 도스토옙스키 이마의 둥근 대리석처럼 대담한 정신의 상승이 나타나지 않는다. 어느 곳에도 빛은 차단되어 광채를 발하지 않는다. —이를 부인하는 사람은 사실 미화하고 거짓말하는 것이리라. 참으로 이 비속하고 찌들린 얼굴은 구제불능이다. 그 얼굴은 어떤 성스러운 빛이라고는 전혀 없고 다만 어둡고 침침하며, 불쾌하고 흉칙한 사고의 감옥만을 연상시킨다. 일찍이 청년 톨스토이는 자기 자신의 못난 관상을 알고 있다. 외모에 대한 어떤 풍자도 "그에게는 불쾌하다." 그의 번민은 한 번이라도 "이렇게 넓은 코와 두툼한 입술, 작은 잿빛 눈을 가진 인간에게 세속적 행복이 과연 존재할 수 있었는가" 하는 점이다. 이 때문에 젊은이는 어느 땐가부터 자신의 가증스런 용모를 검은 수염의 두툼한 가면 뒤에 숨겨놓았고, 아주 뒤늦게, 수염이 퇴색되는 노년기에 들어서야 이를 경외스런 표징으로 만든다. 최후의 10여 년 동안만 어둡게 찌푸린 구름이 부드럽게 풀어지고, 인생의 황혼기에 들어서서야 모든 것을 보상하는 미美의 빛줄기가 이 비극적 경관 위로 떨어진다.

톨스토이의 영원히 배회하는 천재는 누추하고 답답한 방구석을 주둔지로 삼아 사람들이 속속들이 알고 싶어하는 평범한 러시아적 관상을 가지고 형성자가 아니라 시인, 정신적 인간을 창조하였다. 유아기, 청년기, 장년기, 노년기 할 것 없이 톨스토이는 많은 러시아인들 중의 어느 한 사람처럼 활동할 뿐이다. 그는 아무 옷이나 걸쳐입고, 아무 모자나 쓰고 다닌다. 그런 익명의 평범한 러시아인 용모를 지닌 사람이 뜨내기들이 모이는 하급술집에서 한바탕 술 취할 때가 있는가 하면 장관업무를 주재하고, 또 시장에서 흰 빵을 파는가 하면 대주교의 미사복을 입고 무릎 꿇은 신자들 머리에 성호를 그을 수도 있는 것이다. 어떤 직업을 가졌건, 어떤 의상을 입었건, 그리고 러시아의 어떤 곳에 살건, 이런 용모를 지닌 사람은 눈에 띄지 않는다. 그는 대학 시절 그때그때 다른 12개의 모습, 예컨대 군도를 찬 장교 중의 한 사람처럼 보이다가도 시골귀족 중의 한 사람 같아 보인다.

그가 수염이 하얀 하인과 마차를 타고 가는 사진

을 보게 되면, 자리에 앉아 있는 두 사람 가운데 어느 사람이 진정 백작이고 마부인지 눈을 씻고 자세히 들여다 보아야 한다. 농부들과 대화하는 그의 사진이 있는데, 아무리 보아도 마을사람과 한데 섞여 있는 이 털투성이 인간이 백작으로서, 그리고르와 이반, 일리야와 표트르 가문 사람보다 엄청나게 더 많은 사람들이 그를 에워싸고 있다는 것을 알지도 헤아리지도 못할 것이다. 그 한 사람이 마치 다른 모든 사람과 똑같은 것처럼 보이는 것이다. 천재가 여기서는 특수한 인간의 탈을 쓴다기보다는 민중으로 가장하고 있으며, 따라서 그의 얼굴은 익명적·전 러시아적 성격을 띠는 것이다. 왜냐하면 바로 그가 전 러시아를 대표하기 때문이다. 톨스토이는 자기 자신의 용모가 아니라 러시아적 용모만을 지니는 것이다.

이런 까닭에 우선 그를 처음 보는 거의 모든 사람들은 그의 눈빛에 실망한다. 그들은 언젠가 그를 보기 위해 수십 킬로미터나 철도로 와서는, 이어서 툴

라에서부터 마차로 달려온 일이 있었다. 그의 집에 당도한 손님들은 접견실에서 거장의 모습을 존경심에 가득 차서 기다렸던 것이다. 누구나 속으로는 그의 위풍당당한 등장의 순간을 기대한다. 그를 기대하는 영혼은 우선 그를 신성한 인간의 수염을 치렁치렁 흩날리는 당당하고 거만한, 강렬하고 근엄한 남성, 거인과 천재의 결합형으로 상상한다. 이미 기대하는 마음이 부풀어, 모두가 하나같이 어깨를 떨군다. 다음 순간 대면할 족장의 거인적 풍모를 고대하면서 그들의 눈빛은 자신도 모르는 사이에 아래로 수그러드는 것이다. 마침내 문이 열리고, 그들은 그를 보게 된다. 약간 작은 편에 속하는 남자가 달려오는가 싶을 정도로 재빨리 들어오는데, 수염이 바람결에 나부낀다. 그는 발걸음을 멈추고 놀란 기색이 역력한 어느 손님 앞에서 친절하게 미소 짓는다. 쾌활하고 성급한 목소리로 그는 손님과 잡담하면서 가볍게 악수를 청한다. 손님들 모두가 악수하지만, 그들의 마음속 깊은 곳에는 놀라움뿐이다. 어찌된 일인가? 이 친절하고 쾌활한 남자, 이 "하얀 눈 속에서 반짝거리는 왜소한 남자", 이 자가 정말 레프 니콜라에비치 톨스토이란 말인가? 근엄한 풍모를 예상하고 숙연했던 마음은 어느새 사라져 버린다. 실망한 가운데 그들의 얼굴에 호기심만이 약간 치솟는다.

그러나 돌연 그를 바라보는 사람의 피가 순환을 멈춘다. 짙은 눈썹에 가려진 잿빛 눈초리, 색깔이 불분명하면서도 이에 대해 누구나가 말하고 또 일찍이 강렬한 인간의 용모를 통찰했던 톨스토이의 특이하기 이를 데 없는 눈초리가 표범처럼 그들을 날카롭게 응시한다. 칼로 찌를 듯이 날카롭고 번뜩이는 그의 눈초리는 모든 인간을 움켜잡아서, 거기서 몸을 틀거나 빠져나가는 것은 불가능하다. 말하자면 누구나가 최면에 걸린 듯 그 눈빛의 포박을 받고는 마음속 깊은 곳까지 관통당한다. 톨스토이의 첫 번째 눈빛을 받으면 방어할 도리가 없는 것이다. 총탄처럼 은폐의 두꺼운 철판을 꿰뚫는가 하면, 다이아몬드처럼 모든 거울을 잘라내니 말이다. 투르게네프, 고리키 등의 작가들도 입증한 바와 같이, 사람의 마음을 깊숙이 꿰뚫어보는 톨스토이의 이런 눈빛을 대하면 아무도 거짓말을 할 수 없게 된다.

하지만 찰나의 순간 그의 눈은 아주 심각하게, 남을 조사하는 듯한 빛을 쏘아댄다. 그런 뒤 다시 홍채가 부드럽게 풀리고 회색빛을 반짝이면서, 잠시 억눌린 미소를 되찾아 밝아지거나 또는 유연하고 즐거운 광채를 가볍게 띠는 것이다. 수면에 드리워진 구름의 그림자처럼, 감정의 모든 변화가 이 마법의 고요한 동공 위에서 끊임없이 펼쳐진다. 분노가 치밀어오르면 오직 차가운 눈빛 속에서 동공이 무섭게 상대를 쏘아대고, 불쾌할 때면 그것은 수정처럼 차갑게 얼어붙는다. 반면에 온화할 때의 동공은 따뜻하기 이를 데 없고, 열정이 일어날 때는 이글이글 뜨겁게 불타오른다. 이 눈동자, 비밀에 가득 찬 행성行星은 입을 무겁게 움직일 필요없이 내면의 빛으로 미소 짓는다. 애절한 음악이라도 들려오면, 그의 눈동자는 농부 부인의 그것처럼 "눈물을 줄줄 흘린다."

그것은 정신의 포만함에서 우러나오는 신성함을 자연스럽게 내비치다가도 돌연 어두운 기색을 띠면서 우울한 그림자로 뒤덮인다. 그러고는 망연자실해 하면서 뭔지 모를 상태로 빠져 버린다. 그것은 상대방을 차갑고 매정하게 관찰할 수도, 외과의사의 수술칼처럼 날카롭게 해부할 수도, 뢴트겐 빛처럼 내부를 들여다볼 수도 있으며, 그러고 나면 언제 그랬느냐는 듯 다시 장난기 어린 호기심을 발동할 수도 있는 것이다 — 이 눈동자, 매번 한 인간의 이마에서 번쩍이는 이 "최고 능변의 눈동자"는 감정의 온갖 언어를 표출한다. 그리하여 항상 고리키는 그의 눈동자에 대하여 가장 적절한 말로 표현한다. "톨스토이는 눈에 수백 개의 눈을 달고 다녔다."

톨스토이의 용모 가운데 재기를 발하는 곳은 그의 두 눈이고, 또 그 덕분에 그의 용모가 천재성을 드러낸다. 이 '눈빛 인간'의 모든 광력光力은, '사유인간' 도스토옙스키가 번쩍이는 대리석 궁형 이마에 미를 간직하고 있듯이, 천 겹 눈꺼풀 속에 남김없이 축적

되어 나타난다. 톨스토이 얼굴의 다른 곳, 수염과 구레나룻은 움푹 파인 이 마법 자석의 가장 귀중한 곳을 가리는 덮개, 이를 지켜주는 보호막 내지 껍질에 불과하다. 세계 자체가 그 안에서 움직.이고 스스로 빛을 뿌리며, 또 우리의 세기가 알고 있던 것 중에서 가장 미세한 우주의 스펙트럼이 발산된다. 도대체가 이 렌즈는 놓치는 것이 없을 만큼 가장 미세하게 형성되어 있다. 목표를 찾아 쏜살같이 하강하는 보라매처럼, 그것은 개별체 하나하나를 엄밀하게 추적하며, 그러면서도 세계를 전체적으로 포획하는 능력을 지닌다.

그의 눈은 정신적인 것으로 불타오르는 동시에 천상에서처럼 영혼의 암흑 속을 서성인다. 불타는 수정체의 그 눈은 열광 속에서 신을 올려다보기 위하여 작열하고 순수해지며 무無 자체, 괴물적인 것의 냉랭한 모습 내부를 자세히 들여다볼 용기 또한 갖고 있다. 이런 눈에 불가능한 것이라고는 없지만, 가만히 있다거나 졸면서 어둠에 잠기는 것, 순수 휴식의 즐거움, 행복과 꿈의 은총을 받는 것만은 불가능하다. 그도 그럴 것이 눈꺼풀이 열리자마자 그것은 냉철하게 깨어나 한 치의 환상도 없이 포획물을 노려보지 않을 수 없기 때문이다. 어떤 망상도 그 앞에선 무너지고, 어떤 거짓도 드러나며, 어떤 신앙도 무너진다. 모든 것은 이 진리의 눈앞에서 벌거벗는다. 그러므로 톨스토이가 강철로 된 단도를 들어 자기 자신을 찌를 때가 항상 무서운 순간이다. 그럴 때면 그의 칼날은 자신의 깊숙한 심장 속까지 마구 파고드는 것이다.

그런 눈을 소유한 자는 사물을 참되게 바라보며, 그런 자에게 세계와 그에 대한 모든 지식이 속해 있는 법이다. 그러나 그렇게 영원히 참되고, 영원히 깨어 있는 눈을 소유한 자는 불행해지는 법이다.

생명력과 죽음

나는 아주 오랫동안 살기를 소망한다.
그런데 죽음을 생각하면 내 마음은 어린애 같은
시적 수줍음으로 가득 찬다.
－청년기의 편지

기본적인 건강. 거의 한 세기 동안 잘 형성되어온 육체. 군건하고 옹골찬 뼈대와 울퉁불퉁한 근육, 참으로 곰같이 왕성한 힘. 청년 톨스토이는 바닥에 누워서 육중한 군인 하나를 한 손으로 공중에 떠받칠 만큼 튼튼하다. 그의 육체는 대단히 탄력적이다. 그는 육상선수처럼 단숨에 줄을 넘고, 한 마리의 물고기처럼 수영하고, 코사크인처럼 말을 타고, 농부처럼 풀을 벤다. ―이 강철의 육체는 정신적인 것으로부터만 피로를 느낀다. 신경이란 신경은 팽팽하게 곤두서서 극도의 진동 능력을 갖추고 있으며, 동시에 칼날처럼 유연하고 단단하다. 모든 감각은 부드럽고 민첩하다. 어느 곳에도 약점이나 틈, 균열, 흠집이라고는 없고, 생명력의 방어벽에도 어디 한 군데 결함이 없는 것이다. 이 때문에 장방형 육체에는 중병 한번 침투하지 못한다. 톨스토이의 믿기지 않는 신체는 허약함을 전면 차단하며, 나이와는 담을 쌓고 있는 것이다.

그에게는 전례 없이 왕성한 원기가 깃들어 있다. 근대의 어떤 예술가도 이 털투성이 노인네, 농군같이 투박한 남자 옆에 있으면 여인이나 샌님처럼 보인다. 바로 이 신시대가 지속적으로 창조적인 일에 몰두하고 있는 톨스토이의 가부장적 시대로까지 밀려와, 흉폭해진 정신으로 쩔쩔매는 저 예술가들의 육체를 노쇠시켰던 것이다. 이 시기에 괴테는 70세의 고령으로, 이미 비대해진 몸에 추위를 걱정하며 근심어린 기색으로 창가에 앉아 있다. ―괴테야말로 8월 28일이라는 그와 똑같은 탄생일을 통하여 형제의 운명을 나누었고, 창조적인 세계관을 통해서도 똑같이 83세라는 장수를 누린 시인이었다. 한편 볼테르는 뼈만 앙상하게 남은 채, 인간이라기보다는 박제된 새의 흉흉한 몰골로 책상에서 원고를 한 장 한 장 써내려간다. 그런가 하면 칸트는 억지로 몸을 곤두세우고, 기계적으로 움직이는 미라처럼 쾨니히스베르크 가로수길을 힘없이 걸어간다.

이때 백발이 성성한 톨스토이는 벌겋게 얼어붙은 몸으로 헐레벌떡 얼음물에 뛰어들고, 정원을 가꾸고, 테니스를 하면서 재빨리 공을 쫓아다닌다. 자전거 타기를 배우려는 호기심이 67세의 노인을 유혹하는가 하면, 70세에는 스케이트를 타고 얼음판을 미끄러져 나가고, 80세에는 체조를 하면서 날마다 근육을 단련한다. 죽기 바로 직전인 82세에도, 그는 말을 타고 20여 킬로미터 가량이나 질주하다 그 말이 정지하거나 뒷걸음질치면, 말 잔등에다 마구 채찍을 휘두를 정도였다. 정말이지 그 누구도 톨스토이의 왕성한 원기를 따를 수 없는 것이다. 19세기를 통틀어 본다

해도 그런 원초적 생명력을 지닌 사람과 비교할 상대자가 없다.

이미 가부장적 시대의 정점은 톨스토이와 더불어 하늘 끝에 이르렀지만, 아직은 마지막 섬유질까지 수액으로 채워진 그 거대한 러시아 자작나무의 뿌리는 흔들리지 않는다. 그의 눈은 최후를 맞이하는 순간까지 날카롭게 번뜩인다. 말 잔등에서도 그의 호기심 어린 눈초리는 나무껍질 밑을 기어다니는 아주 미소한 집게벌레까지도 추적하고, 망원경 없이도 높이 날아다니는 보라매를 찾아낸다. 그뿐만 아니라 귀는 영민하기 그지없고, 널찍하고 거의 짐승 같은 콧구멍은 쾌락을 흡입하듯 벌름거린다. 항상 봄날을 살아가는 흰 수염의 순례자는, 돌연 코를 찌르는 사료 냄새가 겨울잠에서 깨어나는 대지의 향기와 뒤섞여 그를 자극하면, 일종의 도취로 가득 찬다. 눈꺼풀에 갑자기 눈물이 흐를 만큼 그의 감정은 강렬하고 놀라운 것이다. 동경 어린 늙은 목자牧者는 농부의 장화를 신고서 촉촉히 젖은 대지 한가운데를 가로질러 무거운 발걸음으로 걸어간다. 나이 먹어 떨리는 그의 손은 결코 예민함을 잃지 않는다.

그가 쓴 작별서한의 필적을 자세히 살펴보면, 거기에는 어린 시절의 때묻지 않은 순수함이 그대로 배어 있다. 그런데 그의 동경과 예민한 신경처럼 변함없이 살아 있는 것은 정신이다. 아직도 그의 대화록은 다른 모든 이들을 매료시키는데, 거기서는 지극히 꼼꼼하게 처리된 회상을 통하여 잃어버린 세목 하나하나가 다시 반추된다. 여전히 모순이 생겼을 때는 그의 아미가 무섭게 찌푸려지고, 웃을 때는 여전히 그의 입술이 함박꽃처럼 둥글게 벌어진다. 과거와 똑같이 그의 피는 거세게 소용돌이치며 흐르는 것이다. 《크로이체르 소나타》에 대해 논쟁하면서 누군가가 70세의 노인에게 그런 나이에는 육체적인 일을 포기하는 게 속 편한 것이라고 핀잔을 주었을 때, 백발 노인의 눈은 거만하고도 노한 빛을 번뜩이면서 "그건 가당치 않소. 육체는 아직도 강인하니, 난 더 투쟁하고 분발해야겠소"라고 말한다.

그런 꺼지지 않는 원기만이 60년에 이르는 세계적 작품활동 중에서 단 일 년도 중단되지 않는 줄기찬 그의 창조력을 설명해 준다. 그의 창조정신은 결코 휴식이 없으며, 냉철하게 깨어나 활동하는 감각은 결코 잠자거나 안일하게 꺼져들지 않는 것이다. 노령에 이르도록 톨스토이는 병이라고는 진정 알지 못하고, 열 시간을 작업해도 피로에 심하게 찌들리지 않는다. 항시 만반의 준비가 갖춰진 오감五感은 상승을 필요로 하지 않는다. 감각의 자극에는 술이나 커피 따위의 흥분제가 필요없는 것이다. 요컨대 그는 결코 욕정적인 것이나 육체적인 향락을 통하여 자신을 뜨겁게 하지 않는다. ―이런 것과는 정반대의 면모를 보여준다. 그의 잘 다듬어진 감각은 너무나 건강하고 탄력적이며, 충만함이 넘쳐흘러서, 그것은 가만히 어루만지기만 하여도 어느새 사뿐히 날아오르고 또한 방울방울 거품을 내면서 끓어오른다. 톨스토이는 온갖 육체적 건강함을 지니고 있는 동시에 "예민한 감각의 소유자"이다. ― 이 고도의 민감함이 없다면 그가 어찌 예술가이랴! 그의 건강한 신경의 건반만은 조심스럽게 다루어야 하는데, 왜냐하면 그 음조의 거센 반동이 모든 감정을 위험하게 하기 때문이다. 그렇기에 그는 괴테나 플라톤과 똑같이 음악을 두려워한다. 음악이 그의 감정 내부의 비밀스런 파도를 너무나 강렬하게 자극하는 것이다. "음악은 나에게 무섭게 영향을 미친다"라고 그는 고백한다.

실제로 톨스토이 가족은 피아노 연주를 감상하기 위해 즐겨 그 주위에 둘러앉는데, 연주가 시작되기만 해도 그의 콧구멍은 무섭게 벌름거린다. 눈썹은 항거하듯 있는 대로 찌푸려지고, 그는 "목구멍에 기이한 압박감"을 느낀다. 그러고는 돌연 몸을 급히 돌려 문을 열고 나가는데, 이유인즉 눈물이 쏟아져 나오기 때문이다. 그는 언젠가 자기 자신을 못 이길 만큼 흥분하여 "내게 이 음악을 들려주려는 자는 누구인가"라고 반문한다. 그렇다! 그가 느끼기에 음악은 그에게서 무엇인가 빼앗아가려 하고, 그가 마음먹은 어떤 것을 그로부터 돌려받아 다시는 되돌려주지 않겠다는 위협을 가하는 것이다. 그가 숨겨놓은 어떤 것은 감정의 비밀창고 아래 보관되어 있는데, 이제 음악과 더불어 그것이 강렬한 효모작용을 일으켜서 둑을 뚫고 넘칠 기세를 보이는 것이다. 무엇인가 초월적인 힘이 그가 두려워하는 그것의 한계와 절도를 넘어서서 움직이기 시작하면, 그 자신이 그의 아주 깊은 내부에서 관능의 파도에 어쩔 수 없이 포획되고 떠밀려, 전혀 생각 못한 다른 쪽으로 거세게 휩쓸려 들어감을 감지한다.

그러나 그는 한계를 넘는다는 것이 무엇인지 알고 있기에 감정의 충일을 증오하는 것 같다(또는 두려워하는 것 같다). 그래서 그는 여자라는 '존재'를 대하기를 건강한 인간에게는 부자연스럽고 은자적인 생활에 방해되는 것으로 꺼려한다. "여자가 품행이 단정하여 존경받는 가운데 모성을 충실히 수행하는 한"에서만 그는 여자를 '해롭지 않은' 것으로 여긴다. — 따라서 그런 여자란 "평생 동안 그가 육체의 무거운 업으로 느꼈던" 성性을 초월해 있는 여자이다. 음악처럼 여자는 이 반反그리스인, 예술가적 크리스천, 독실한 수도사에게 단지 악에 불과할 따름이다. 왠고하니 음악과 여자는 관능을 통하여 "용기와 결단, 이성, 정의감같이 우리의 천성적으로 타고난 특성을" 전도시키기 때문이며, 그 밖에도 대부 톨스토이가 뒤에 설교하고 있듯이 그것은 우리에게 "육욕의 죄"를 가져오기 때문이다. 여자들은 역시 그가 넘겨주기를 꺼리는 "어떤 것을 그에게서 얻기를" 원한다. 그녀들은 그가 일깨워질까 두려워하는 위험한 어떤 것을 자극한다. 이를 알아차리는 데 정신은 그리 큰 소용이 없고, 그 자신의 무서운 관능만이 작용한다.—의지의 끈이 느슨해지고, 어느새 '짐승'이 두 발 들고 일어서기 때문이다. 어느새 피에 굶주린 한 무리의 사냥개들이 울부짖으며 쇠창살을 뒤흔드는 것이다. 톨스토이의 광기 어린 수도자의 공포, 건강하고 깨끗하며 본성적인 관능 자체에 대한 굉장한 두려움만 보더라도, 우리는 거기에 숨겨진 남성의 무서운 체험, 청춘기에는 야만스럽게 제멋대로 날뛰던 그의 내부에 자리잡은 본성적 갈망을 예감할 수 있을 것이다.— 체호프Anton Chekhov에게 말하기를 자신은 "방탕아"라는 것이다. 이 같은 갈망은 50여 년이 지나면서 지하실 속에서 담으로 둘러싸여져 있지만, 그렇다고 해서 그것이 완전히 매장된 것은 아니다. 이 초건강함 속에 감추어진 관능이 평생 동안이나 과도했다는 것은 그의 엄격한 도덕적 작품에 은밀히 나타나 있다. 바로 광적인 대부의 초기독교적 불안, "여자" 앞에서 눈을 빙빙 돌리면서 동요의 빛으로 벌벌 떠는 불안이 그것이다.—그러나 사실인즉 이는 자신의 한정 없는 것처럼 보이는 욕망에 대한 불안이다.

그의 책을 읽으면 곳곳에서 불안을 느낀다. 톨스토이는 바로 자기 자신, 그의 괴력을 두려워한다. 빈번이 그의 초건강에 대한 한없는 행복감이 엿보이다가도, 그 뒤로는 항상 감각의 동물적 무구속성이 음울하게 드리운다. 그가 이를 어느 누구보다 엄격하게 억제한 것은 틀림없지만, 그러나 그는 어쩔 수 없는 러시아인이자 바로 과도한 민중, 극도의 몽상가이자 극단의 노예임을 알고 있다. 그래서 그 자신의 육체는 의지의 절제로 인해 녹초가 되며, 그래서 그는 항상 감각에 몰두하다가도 그것을 내몰아 평범한 놀이, 형편없는 엉터리 유희물로 취급한다. 그는 낫과 쟁기로 무장한 용사의 억척스런 노력을 통하여 근육을 단련시키며, 체조놀이를 통하여 감각을 둔화시킨다. 감각의 해독을 제거하고 이를 순화하기 위해 그는 마차를 몰아 사적인 생활에서 벗어나 자연으로 달려가는데, 그러면 거기서는 의지의 내적 현존 속에서 욕정을 죽이고 숨어 있던 것이 무한정으로 분출되는 것이다.

그의 열정의 총화는 따라서 사냥이었다. 밝고 어두운 모든 감각은 사냥의 열기 속에서 마음껏 만족을 누린다. 선천적인 사도使徒 톨스토이는 말의 비릿한 땀 냄새, 미친 듯이 달리는 승마의 쾌감, 신경을 곤두세우는 추격의 흥분과 목표물의 자극에 도취하며, 심지어는 불안(이는 후기의 동정심 있는 톨스토이에게는 파악될 수 없다), 땅바닥에 쓰러져 피흘리고 충혈된 눈으로 노려보는 야수의 고통에 도취한다. 그가 사냥에서 여우의 두개골을 한 방에 꿰뚫었을 때, 그는 "죽어가는 짐승의 고통을 보면서 나는 진정한 희열을 느낀다"고 술회한다. 승리를 구가하면서 피 끓는 욕망의 외침을 부르짖을 때, 우리는 그가 일생을 통해(청춘의 광란기를 제외하고) 자기 내부에 가두어둔 그 모든 야수의 본능을 짐작한다. 그가 사냥을 도덕적으로 옳지 못하다고 단정하여 거부했던 시점에도 들에서 토끼가 뛰어다니는 것을 보면 그의 손은 늘 무의식적으로 흥분에 떤다.

그러나 그는 이런저런 욕망을 끝까지 단호하게 억눌러 참는다. 궁극적으로 육체에 대한 그의 관능적 기쁨은 생동하는 것의 순수 관조와 추후 형상으로 충족된다. ― 하지만 이 얼마나 통쾌하고 슬기로운 만족감인가! 아름다운 말 곁을 지날 때면, 그의 행복에 젖어 미소 짓는 입술은 매번 활짝 벌어진다. 그는 따뜻하고 보드라운 말 잔등을 육감적으로 쓰다듬고 애무하여 손가락 끝으로 짐승의 온기를 예민하게 느낀다. 순수 동물적인 모든 것이 그를 감동에 떨게 하는 것이다. 그가 젊은 아가씨의 춤을 오랫동안 떨리는 눈으로 관찰할 때는 오로지 그녀의 발랄한 육체가 우아할 때에만 국한된다. 어느 아름다운 남성이나 여성을 만나는 경우, 그는 그 자리에 멈춰서서 그들과 정신없이 대화하고, 그럼으로써 그들을 더 자세히 살피고 감탄사를 발한다. "인간이 아름답다는 것이 이 얼마나 경이로운가!" 그도 그럴 것이 톨스토이는 육체를 살아 있는 생명의 그릇, 빛의 감각적 표면, 뜨겁게 맥박치는 혈관으로서 사랑하기 때문이다. 그가 삶의 의미와 영혼으로서 사랑하는 것은 뜨겁게 파도치는 그의 관능적 육체이다.

그렇다! 예술가가 자기 도구를 아끼는 것처럼 톨스토이는 문학의 열정적 야수파로서 자기 육체를 아낀다. 그는 육체를 인간의 가장 자연스런 형식으로서 사랑하는 것이며, 쉽게 감상에 빠지는 변덕스런 영혼보다는 그의 기본적 육체에서 자신에 대한 사랑을 느낀다. 그는 갖가지 형태로 육체를 사랑하며, 그것도 육체를 의식한 첫 순간부터 최후에 이르도록 사랑한다. 이 자기애욕적 열정의 최초의식에 대한 보고는—분명히 오자誤字는 아니리라!—그가 태어난 지 겨우 두 번째 되는 해까지 거슬러 들어가는 것이다! 두 번째 해로 되돌아간다는 점을 강조하는 바인데, 그래야만 톨스토이 인생에 있어서의 모든 회상이 시간의 폭풍우 속에서도 얼마나 명료하고 또렷하게 남아 있는가를 이해할 수 있을 것이다. 괴테와 스탕달이 일곱 살 내지 여덟 살까지도 거의 기억하지 못하는 데 반해, 톨스토이는 이미 두 살 때 노련한 예술가 같은 집중력으로 온갖 감각의 다채로움을 발휘한다. 그의 육체에 대한 최초의 감각묘사를 다음 글에서 읽어볼 수 있을 것이다. "나는 내 몸을 씻는 데 사용하는 새로우면서도 불쾌한 용액 냄새에 완전히 휩싸인 채 나무로 된 욕조에 앉아 있었다. 그러고는 아마도 내가 받을 수 있었던 소량의 물이 몸에 끼얹어진 것 같다. 돌연 뭔지 모를 새로운 기분이 나를 자극했고, 최초로 나는 내 작은 육체, 가슴 앞쪽으로 보이는 갈비뼈와 매끈하면서도 눈에는 보이지 않는 두 뺨뿐만 아니라 내 유모의 불쑥 솟은 팔꿈치, 따뜻하게 데워진 약간의 목욕물과 그 냄새를 기분 좋게 감지했다. 그러나 가장 강렬한 느낌을 주었던 것은 내가 조그마한 손으로 욕조 위를 더듬거리자마자, 그로 인해 나의 내부에서 불현듯 치밀어오른 매끄럽다는 감정이었다."

이를 읽고나서 독자들은 세계를 감지하기 시작한 것이 언제인가를 확증하기 위해 감각지대를 더듬으며 어린 시절의 기억들을 분해하고 질서정연하게 앞뒤를 맞추어볼지 모른다. 톨스토이는 이미 두 살이라는 젖먹이 시절에 감각이 일깨워지면서 환경세계를 파악한다. 그는 유모를 눈으로 '바라보고' 코로는 밀기울 '냄새를 맡으며' 물의 온기를 '감각'하는가 하면, 주위의 잡음을 '듣고' 또 나뭇결의 매끄러움을 손으로 '어루만진다.' 그런데 상이한 신경 다발에서 제각기 어우러지는 그 모든 동시적 지각知覺은 '기분 좋다'는 하나의 감정, 즉 삶의 모든 느낌들의 유일한 감각표면인 육체의 자기관찰로 합일된다. 우리는 여기서 얼마나 일찍부터 감각의 흡반이 현존재에 바짝 달라붙어 있는가, 아니 톨스토이라는 젖먹이 아이가 그에게 다가서는 세계를 의식하면서 그것을 얼마나 생생하고 세세하게 명료한 인상으로 바꾸어놓고 있는가 하는 것을 비로소 이해할 것이며, 이때 얻은 개개의 인상이 어른이 되어서야 미묘한 색조를 얻는 동시에 승화된다는 것 또한 미루어 추측할 수 있으리라. 한데 욕조 속의 조그마한 자기 육체에 대한 장난스럽고 어린애다운 작은 쾌감이 결국은 사납고 거의 광적인 현존의 욕망으로 무럭무럭 커가게 되는 것으로, 이 같은 욕망이란 어린아이가 외면과 내면, 세계와 자아, 자연과 인생을 아무렇게나 뒤섞어 송가적인 자기만의 도취감에 빠지는 것과도 같은 것이다. 그리고 실제로, 이 만상萬象과의 격렬한 동일감정이 완전한 성인이 되어서도 거대한 도취로

부풀어올라 그를 번번이 엄습한다.

책을 보게 되면 그 우울한 남자는 가끔씩 몸을 일으켜세워 숲으로 나가며, 거기서 수백만 명 중에서 자신을 선택한 세계를 응시하고는, 어느 누구보다 강렬하고 지혜롭게 세계와 공감한다. 그는 돌연 황홀해 하는 몸짓으로 가슴을 펴고 두 팔을 활짝 젖히는데, 이는 마치 굉음이 울리는 허공에서 그를 내적으로 사로잡는 무한성을 포획하기라도 하는 듯한 거동이다. 때로는 자연의 우주적 충일성에 경악하듯 그는 가장 사소한 것에도 놀라 어쩔 줄을 모른다. 그는 몇 그루의 짓눌린 엉겅퀴 나무 잎새를 똑바로 곱게 펴거나 잠자리의 재미난 유희를 세심히 관찰하기 위하여 몸을 구부리고는, 그의 눈에서 어느새 쏟아져 흐르는 눈물을 친구들에게 감추려고 옆으로 몸을 급히 돌린다. 당대의 시인 어느 누구도, 심지어는 월트 휘트먼Walt Whitman조차도 목양신牧羊神의 욕정과 동시에 반그리스적 신의 위대한 신성을 소유한 이 러시아인만큼 세속적·육체적 기관의 욕망을 강하게 느끼지는 못했으리라. 그리하여 우리는 "나 자신이 자연이다"라고 외치는 그의 오만방자한 말을 이해한다.

스스로가 우주만상의 총화인 이 장대하고 비범한 인간이 모스크바의 대지에 굳게 발을 디디고 서 있다는 것은 진정 놀라운 일이다. 바로 이 때문에 어떤 것도 그의 강력한 세속성을 교란할 수 없으리라 생각하는 사람들이 있는 것이다. 그러나 대지 자체가 번번이 지진으로부터 뒤흔들리면서, 톨스토이 역시 안정의 중심을 잃고 심하게 비틀거린다. 갑자기 그의 눈은 경직되면서 감각을 잃고 허공을 헤매는데, 왜냐하면 실체를 알 수 없는 어떤 것, 따뜻한 육체와 삶의 충일 밖에 머물러 있는 어떤 것, 그로서는 이해할 수 없을 뿐만 아니라 신경이라는 신경은 모조리 곤두설 정도로 무서운 어떤 것이 돌연 눈에 띄기 때문이다.—이것은 감각적 인간 톨스토이에게는 파악할 수 없는 형상으로 남아 있는데, 왜냐하면 그것은 이 대지의 사물, 즉 그가 흡수하고 착색할 수 있는 단순한 소재가 아니라, 그의 손으로 다듬어지고 측량되어 그의 세계감각에 편입되기를 거부하는 어떤 것이기 때문이다. 그도 그럴 것이 현상의 둥그런 공간을 갑자기 잘라내는 경악감을 어떻게 이해할 것이며, 물살처럼 도도히 흐르는 감각이 어느 날 마비될 수도 있다는 것을 어떻게 헤아리겠는가? 그의 손마디는 갑자기 뼈만 남아 앙상해지고, 아직은 따뜻한 혈관이 흐르는 건장한 육체도 벌레에 파먹혀 석고처럼 싸늘한 몰골로 변하게 되는 것이니 말이다.

어느 날 저 허무, 어둡게 숨어 있는 존재, 항거할 수 없는 숙명이 그를 불시에 찾아오리라고는 그 누구도 예상하지 못했다. 어제만 해도 원기 왕성하던 그에게 괴물이 침입하리라고는 생각하기 어려웠다. 그런데 삶이 무상하다는 생각이 톨스토이를 덮치는 순간이면 언제나, 그의 피는 순환을 멈추게 되는 것이다. 죽음과의 첫 대면은 그의 어린 시절에 일어났다. 모친의 주검을 보게 되자 어제까지 생명력 있던 모든 것이 싸늘하게 마비되었다. 당시에는 감정과 사고 속에서만 맴돌아 설명할 수 없었던 그 장면을 그는 평생 동안 잊지 못한다. 그러나 이제 15세의 소년이 무섭고 경악에 찬 외침을 토하며 미친 듯이 방에서 뛰어나온다. 그 모든 불안의 추억이 그의 배후에서 밀려나오는 것이다. 형이나 부친, 아주머니가 죽기라도 한 것처럼, 죽음에 대한 생각이 항상 그에게 파고들어 목을 조른다. 죽음의 차디찬 손마디가 그의 목을 누를 때면, 그의 신경은 항상 분열되어 버린다.

1869년, 아직은 위기를 맞기 이전이며 우선은 고비만을 맞을 뿐인데, 그는 불시에 찾아올 죽음의 하얀 공포를 이렇게 묘사한다. "나는 드러누우려고 노력하건만 몸을 쭉 펼 수가 없다. 공포가 나를 심하게 사로잡는다. 그것은 불안, 토하기 직전과 같은 불안인 것으로, 뭔지 모를 어떤 것이 내 존재를 조각내면서도 그렇다고 그것을 완전히 분해해 버리는 것도 아니다. 나는 다시 한 번 잠자려고 노력하건만, 그러나 공포가 붉고 하얀 빛으로 저기 와 있는 것이다.

무엇인가가 나의 내부를 갈기갈기 찢어내지만, 그럼에도 불구하고 내 생명을 끊지 않는다." 실로 무서운 일이 일어난 것이다. 그가 실제의 죽음을 맞이하려면 40년이나 남아 있고, 아직도 죽음은 그의 육체에 한 손가락만 걸치고 있는데, 그의 죽음에 대한 선입견은 이미 살아 있는 자의 영혼을 무섭게 파고들어서 더 이상 그것을 쫓아낼 수가 없다. 밤마다 거대한 불안이 그의 침대 곁에 앉아서는 생의 즐거움의 원천을 게걸스럽게 파먹는다. 불안은 그의 책갈피 사이에 쪼그리고 앉아서 썩어빠진 어두운 사고들을 씹어먹는다.

우리는 톨스토이의 죽음에 대한 불안이 그의 생명력만큼이나 초인적임을 알게 된다. 그의 불안을 노발리스의 신경쇠약이나 레나우의 우울증, 에드거 앨런 포의 신비로운 환락적 공포와 비교하여 신경쇠약이라 칭한다면 지나치게 소심한 언사이리라.—그렇다, 그에게는 아주 동물적으로 벌거벗은 야만적 공포, 무서운 경악, 불안의 대폭풍, 사납게 치솟는 삶의 감각의 전율이 터져나온다. 남성적이고 영웅적인 정신의 소유자가 그렇듯이 톨스토이는 죽음 앞에서 두려워하지 않는다. 오히려 벌겋게 달구어진 강철로부터 낙인 찍힌 듯, 평생을 이 공포의 노예 때문에 몸을 벌벌 떨면서 무섭게 소리지르고 어찌할 바 몰라 쩔쩔맨다. 그의 불안이란 순전히 짐승 같은 공포의 폭발, 불의의 충격으로 분출된다.— 온갖 피조물 가운데에서도 인간적이 되어 버린 원초의 공포가 그것이다. 그는 이런 생각에 사로잡히지 않으려고 무척이나 애를 쓰며, 그래서 목 졸린 사람처럼 온몸을 허우적거리며 이에 맞서고 항거한다. 톨스토이가 한없이 안정을 누리는 중에도 전혀 예측할 겨를 없이 불의의 충격을 받는다는 사실을 우리는 잊지 않는다.

이 모스크바 곰에게 결여되어 있는 것은 바로 삶과 죽음 사이에 놓인 건널목이다.— 죽음은 이렇게 근본적으로 건강한 인간에게 절대적 이질물인 반면, 그 밖의 어중간한 인간에게는 흔히 삶과 죽음 사이에 놓여진 병, 인도교가 펼쳐 있다. 평균 50세의 다른 사람들 모두가, 또는 대부분이 그들 내부에 죽음의 일부를 잠재적으로 보유하고 있는바, 죽음의 근친은 그들의 완전 외곽에 존재하지도 그리고 밖에서 불시에 공격하지도 않는다. 따라서 그들은 죽음이 최초의 억센 손마디를 내밀어도 그렇게 심하게 동요하며 공포에 떨지 않는다. 이를테면 감격스런 눈빛을 지으면서 예식에 참석하고, 기둥에 서 있다가도 간질성 발작으로 매주 고꾸라지던 도스토옙스키는 고통에는 익숙해진 사람으로서, 전혀 그런 것을 모르는 건강의 화신 톨스토이보다 죽음의 번뇌에 훨씬 초연하였다. 도스토옙스키에게는 저 완전 해체되어 거의 모욕적으로 엄습하는 불안의 그림자가 톨스토이만큼 통렬하게 핏속으로 파고들지는 않는다. 톨스토이는 죽음이라는 번뇌의 최초징후를 느끼자 이미 말을 더듬기 시작한다. 오로지 자아의 충일 속에서만, "삶의 도취 상태"에서만 삶의 온전한 가치를 느끼는 그에게는 조용히 진행되는 생명력의 약화가 일종의 병을 의미한다(그는 37세에 자신을 "노인"으로 자처한다). 바로 이 같은 감수성 때문에 죽음의 번뇌가 포탄처럼 그를 적중시킨다. 현존재를 그토록 활기차게 느끼는 자만이 절대적이고 보완적으로 비존재非存在에 강렬한 경외심을 보일 수가 있는 것이다.

실로 여기에는 강인한 생명력이 저 광적인 죽음의 불안과 정면으로 대립되기 때문에 세계문학에서도 찾아볼 수 없을 존재와 비존재 사이의 그런 거대한 싸움이 톨스토이에게서 생겨난다. 거인의 본성만이 거인적 저항을 실행해 나가는 것으로, 톨스토이처럼 위대한 인간, 의지의 경주자는 무의 심연 앞에서 당장에 항복하지 않는다. ― 첫 번째 쇼크가 발생하자마자 그는 벌떡 일어나 갑자기 뛰어나온 적을 무찌르려고 근육을 있는 대로 팽창시킨다. 참으로 그와 같이 왕성한 생명력의 인간은 가만히 앉아 무기력하게 굴복당하지 않는다. 최초의 공포에서 회복되자마자 그는 철학의 방어벽을 굳건히 세우고, 그 위에 높이 교각을 둘러치고는, 눈에 보이지 않는 적을 몰아내기 위해 그의 논리학의 병기고로부터 나온 투석기를 사방에 들이댄다. 경멸은 그의 제1방어수단이다. "나는 죽음에 흥미를 느낄 수 없다. 그 까닭은 바로 내가 살아 있는 한 죽음은 실존하지 않기 때문이다." 그는 죽음을 "믿을 수 없는" 것으로 말하면서, 자신은 "죽음을 두려워하는 것이 아니라 죽음의 공포만을 두려워한다"고 자신 있게 주장한다. 죽음을 두려워하는 것도, 죽음을 무섭게 생각하는 것도 아니라는 그의 확신은 끊임없이(무려 30년 동안이나!) 반복된다. 그러나 그는 어느 누구도, 자기 자신도 결코 기만하지 않는다. 영적·감각적 확실성의 보루는 물론 신경쇠약의 최초 발작 시에 이미 부서져 나갔음은 의심할 바 없다. 그리고 톨스토이는 50세부터는 그의 생명력에 대한 일방적 확신의 부서진 잔재들 위에서만 투쟁한다. 그는 한 걸음 한 걸음 뒤로 물러서면서 죽음이 다만 "유령", "허깨비"에 불과한 것이 아니라 지극히 존경스런 "상대자", 그저 말로만 두려워할 수 없는 적대자임을 인정하게 된다. 그리하여 톨스토이는 불가피한 생명의 덧없음 속에서도 계속해서 실존할 수는 없을까 시도한다. 그러나 인간이란 실로 죽음과 투쟁해서는 살 수 없고, 죽음과 공존하면서 살아나갈 수 있는 법이다.

이런 점을 인정할 수 있었기에 죽음과의 관계 속에서 펼쳐지는 톨스토이의 두 번째 결실 있는 국면이 비로소 시작된다. 그는 죽음의 현전에 대하여 "더 이상 항거하지 않는다." 더 이상 궤변으로 죽음을 물리치고자 망상에 사로잡히지 않는다. —그는 이제 죽음을 그의 현존재의 일부로서 분류하고, 삶의 감각에 융합시켜 불가피성의 발생에 단단히 준비하며, 죽음에 "익숙해지려고" 노력한다. 삶의 여행자가 인정하는 바와 같이 극복할 수 없는 것은 죽음에 대한 불안이 아니라 죽음 자체인 것이다. 그래서 그는 저 공포에 대항하고자 전력을 기울인다. 스페인의 트라피스트 교도들이 그들 내부에 드리워진 공포를 없애기 위하여 밤마다 관 속에서 잠자는 것처럼, 톨스토이는 매일같이 확고한 의지의 실험을 통하여 중단

없는 죽음의 경고를 자기암시적으로 되뇐다. 죽음의 공포에 사로잡힘이 없이 자신을 억제하고, 지속적으로 "영혼의 온 힘을 발휘하여" 죽음을 생각하는 것이다. 이때부터 씌어진 그의 일기장은 "내가 살아 있다면Wenn ich lebe"이라는 구절의 약어 'W.i.l.'로 시작되며, 자기회상의 본질이 수년에 걸쳐 매달 기록되는데, "나는 죽음에 가까이 가고 있노라"가 그것이다.

이제 그는 죽음을 자세히 관찰하는 데 익숙해 있다. 익숙함이란 그러나 이질감의 일소, 공포의 극복을 의미한다. 이렇게 30년이 지나자 죽음과의 마찰은 외부에서 내면을 향하고, 또 적대관계에서 일종의 우정관계로 변모한다. 그는 죽음을 자신에게 가까이 끌고와 자기 내부로 포옹해 들이고, 그것을 삶의 영적 사실로 만들어서는 근원적 불안을 "제로 상태처럼" 말끔히 해소한다. 그는 이렇게 말한다. "죽음에 대해 곰곰이 생각할 필요는 없지만, 그러나 항상 죽음을 직시해야만 한다. 그러면 전체적 삶은 더욱 확고하고 중요하게, 진실로 더 경외스럽고 행복하게 변할 것이다." 요컨대 궁핍에서 덕성이 이루어진 것으로, 톨스토이는 불안을 객관화함으로써 불안을 초월하였다(이것이 바로 예술가의 영원한 구원이 아니겠는가!). 그는 다른 자, 그의 창조물에다가 죽음과 죽음의 불안을 형상화함으로써 자신의 문제를 떨쳐내었다. 처음에는 전멸적으로 보이던 것이 이제는 삶의 심화, 도저히 예상치 못할 위대한 예술의 상승으로 발전하는 것이다. 불안에 가득 찬 지속적 탐구, 환상 속에서 이루어질 수 없는 죽음에의 예감 덕분에 가장 열정적인 활력의 인간 톨스토이가 가장 지혜로운 죽음의 서술가, 일찍이 죽음을 형상화한 모든 자들 가운데에서도 탁월한 대가의 위치에 올라선다. 불안이란 언제나 현실에 앞서가면서 환상의 나래를 펄럭이며, 또 그것은 언제나 무디고 둔감한 건강보다는 더욱 창조적이게 마련이다. — 하지만 처음으로 그렇게 무섭고 공포스럽고 수십 년간 깨어 있는 원초적 불안, 강렬한 인간의 성스러운 경악과 마비는 과연 어떠하겠는가!

불안 덕분에 톨스토이는 그 모든 육체적 소멸의 증상들, 그때그때의 성향, 죽음의 신 타나토스의 비문용 칼이 덧없는 육체에 새겨놓은 부호, 꺼져가는 영혼의 공포와 경악을 알게 된다. 예술가는 자신의 앎으로부터 창작하려는 소명의식을 강력하게 느낀다. 예컨대 "나는 원치 않아", "나는 원치 않아"라는 이반 일리치의 무섭게 울부짖는 죽음, 레빈의 형이 맞이하는 비참한 종말, 그의 소설들에 나타나는 다면적 삶의 소멸과 '세 주인공의 죽음'이 이에 속한다. ―의식의 극단에 대한 그 모든 굴욕적 경청, 톨스토이가 이룩한 가장 위대한 심리학적 성과, 이런 등등은 저 돌발적인 혼란의 현전이나 자기수난적 공포의 철두철미한 고통 없이는 생각할 수 없을 것이다. 이 수백 번의 죽음을 묘사하기 위하여, 톨스토이는 그토록이나 수없이 격동하는 영혼 내부의 가장 섬세한 사고의 섬유질까지 파고들어 자신의 죽음을 앞서 체험하는 동시에 작품으로 형상화하였고, 또 그것과 공감적인 삶을 살아야 했다. 오직 불안의 예감만

이 그의 예술을 피상적인 것, 사실의 순수 직관과 모사로부터 앎의 깊이로 이행하게 만들었던 동인이었다. 그의 순수 감각적 현실의 충일은 오직 불안을 통해서만 저 내부에서 쏟아져나오는 빛, 렘브란트 그림과 같은 저 형이상학적 빛을 비극적 암운 속에서 체득할 수 있었다. 톨스토이야말로 어느 누구보다 격렬하게 삶의 내부에서 죽음을 앞서 체험하였기에, 그의 죽음만이 유독 우리 모두에게 생생하게 살아 있게 된 것이다.

위기는 항상 창조적 인간에게 주어지는 운명의 선물이다. 톨스토이 예술이 그러한바, 그의 세계정신의 자세에도 불구하고 결국은 새롭고 더 높은 균형이 창출된다. 대립들은 상호 침투되고, 삶의 욕망과 그에 대한 비극적 상대자 사이의 무시무시한 싸움은 지혜롭고 조화로운 이해 앞에서 약화된다. 스피노자의 의미에서만 본다면, 영원히 정적靜的인 감정은 최종 순간의 공포와 희망 사이에서 순수한 비약으로 머물러 있다. "죽음에 대하여 공포를 느끼는 것은 좋은 일이 아니다. 죽음을 갈구하는 것 또한 좋은 일이 아니다. 저울대를 세워놓되, 저울침이 멈추어서 어느 한쪽 편 저울추도 무게를 더하지 않도록 해야 한다. 그것이 삶의 최고조건이다.”

  비극적 불일치는 마침내 조화를 이룬다. 백발의 톨스토이는 더 이상 죽음을 증오하지 않을뿐더러 그것에 대해 초조함도 갖지 않는다. 죽음에서 도피하지도, 죽음과 더 이상 투쟁하지도 않는다. 예술가가 눈에 보이지 않게 이미 도래해 있는 작품들을 예감적으로 형상화하듯이, 그는 다만 조용히 명상에 잠겨 죽음을 꿈꾼다. 그런데 오랫동안 두려움에 떨었던 시간들의 바로 최종순간을 맞이하여 톨스토이는 그로 인해 완전한 은총을 선사받는다. 죽음이란 그에게 삶처럼 위대하고, 죽음이야말로 작품의 작품인 것이다.

예술가

창조로부터 솟아오르는 결실 외에 참다운 만족이란
존재하지 않는다. 우리는 연필이며 장화, 빵과 어린애, 즉
인간적인 것을 만들어낼 수 있다. 창조 없는 참다운 만족이란
존재하지 않는바, 매사가 불안, 고뇌, 양심의 가책,
수치심 등과 연관되어 있다 할 것이다.
―서한

어떤 예술작품이든 작가가 그의 기교적 습성을 잊어버리고, 자신의 현존재를 현실로서 느낄 때에야 최고의 단계에 도달한다. 톨스토이의 경우 예술의 그럴 듯한 눈속임이 계속적으로 완벽의 경지에 이른다. 그것이 우리에게 감각적으로 참되게 와 닿는 까닭에, 그 어느 누구도 그의 소설을 보고 이 서술작품들은 허구이고, 인물들 또한 가공된 것이오 하는 식의 단정을 감히 내리지 못한다. 그의 작품을 읽다

보면, 열린 창으로 사실세계를 내다본다는 생각밖에는 들지 않는다.

그러므로 톨스토이 부류의 예술가만이 존재한다면, 예술은 상당히 단순한 어떤 것이고, 문학이란 현실의 정밀한 추후서술 내지 드높은 정신적 노고 없이도 이루어지는 모사模寫라는 그릇된 생각에 빠지기 십상이다. 게다가 사람들은 자신의 생각을 보태어 문학이 "고지식하게 표현하는 소극적 특성을 지녔을 뿐"이라고 말할 수도 있을 것이다. 그럴 수 있는 것이 우리가 대하는 그의 작품은 자기이해가 압도적일 뿐만 아니라 어떤 경관에 대한 소박한 자연성이 무성하고 풍요롭게 배어 있어서, 자연은 다시 한번 아주 사실적으로 등장하기 때문이다. 따라서 그 비밀스러운 열광과 도도한 갈망의 힘, 인광을 발하는 예시력 등의 그 모든 것이 톨스토이의 서사문학 내에는 쓸모없고 부재하는 것처럼 보이는 것이다. 생각하기에 따라서는 광적인 악마가 아니라 냉철하고 차가운 남자가 순수 사실적 관조를 통하여,

또는 끈덕진 추후묘사를 통하여 단순히 현실의 복사판을 제조해 낸 것으로 여길 법한 일이다.

그러나 바로 여기에 예술가의 완벽함으로 위장된 향락적 관능이 깊숙이 내재되어 있다. 과연 진리보다 표현하기 어려운 것이 무엇이고, 명료함보다 창조해 내기 힘든 것이 무엇이겠는가? 레프 톨스토이의 초고를 보면 그는 전혀 쉽게 성공한 작가가 아니라, 가장 뛰어난 인내심의 작업자들 중의 한 명이라는 사실이 증명된다. 그의 어마어마한 세계의 벽화들은 무수하고 다양하기 이를 데 없는 돌조각들의 예술적 노고의 모자이크로서, 이는 수천 번의 세밀한 개별관찰에 의해 완성된 것이다. 2,000페이지에 달하는 대서사시《전쟁과 평화》는 일곱 번이나 수정 탈고되었고, 그것에 필요한 장면과 기록들은 높이 쌓여올라간 궤짝을 가득 채웠다. 자질구레한 역사적 사실들, 감각적인 것에 들어가 있는 개별조항들은 주도면밀하게 문서화되었다.

예를 들면 보로디노 전투의 생생한 묘사를 위해

톨스토이는 장군용 지도를 가지고 이틀간이나 말을 바꿔타고 전선을 누빈다. 그런가 하면 어떤 때는 생존한 어느 전쟁용사의 세부적인 경험담을 직접 들으려고 수 킬로미터나 기차를 타고 그를 찾아간다. 그는 모든 서적을 독파하고, 도서관들의 구석구석을 이 잡듯 뒤지고, 심지어는 귀족이나 문헌담당자에게 실종된 문서나 사적인 서한들을 보여달라고 요구하는데, 그것은 오직 그로부터 현실의 본질을 캐내고자 함이다. 이렇게 여러 해를 거듭하면서 수없이 많은 사소한 관찰로부터 미소한 양의 정수가 수은덩이처럼 옹골차게 모여지고, 또 그것은 점차 유연하게 상호 침투됨으로써, 둥그렇고 순수하며 완전한 형식으로 발전하는 것이다. 그리고 진리를 얻으려는 투쟁이 끝나면서야 비로소 명료함을 얻으려는 투쟁이 시작된다. 서정시의 기예자技藝者 보들레르가 자신의 시구 하나하나를 정성들여 탈고하고 다듬어서 반짝반짝 윤을 내듯이, 톨스토이 또한 빈틈없는 예술가의 열정을 가지고 그의 산문을 망치로 두들기고

기름칠하여 노작을 완성한다. 1,000페이지에 달하는 작품 내에서 문장 하나라도 눈에 거슬리든가, 또는 형용사 하나라도 제대로 들어가 있지 않을 때면, 그는 불안한 마음으로 어쩔 줄 모른다. 그럴 경우 그는 불충분한 자모의 억양을 수정하기 위하여, 이미 보낸 교정지임에도 기겁하여 그날 밤으로 당장 모스크바의 식자공에게 인쇄를 중지해 달라고 전보를 칠 정도였다. 이 초판 인쇄본은 그런 후에도 다시 정신의 레토르트로 되돌아와 재삼재사 주조되고 형성된다.—그렇다, 어떤 예술이건 바로 이런 초자연주의자의 예술은 힘겹기 그지없는 것이다.

7년 내내 톨스토이는 하루에 여덟 시간에서 열 시간가량이나 작업에 매달린다. 그럴진대 아무리 강건한 신경의 남자일지라도 저 방대한 소설을 끝내 놓고 혼비백산하는 것이 이상할 것 없으리라. 돌연 소화장애가 일어나고, 정신은 흐릿하게 마비된다. 그래서 그는 완전히 문화권과는 절연된 우랄 산맥의 황량한 고지대로 홀로 들어가 그곳 오두막에서 거주

하며, 마유주馬乳酒 요법으로 영혼의 균형을 되찾고
자 한다. 바로 이 같은 호모적 서사가, 자연의 총아,
투명하면서도 거의 민중적 본성의 서술자에게서 불
만족스러워하면서 고통받는 무서운 예술가의 기질
이 노출되는 것이다(예술가 기질이 아니면 무엇이겠는
가?). 그러나 은총 중에서도 가장 큰 은총은 창조의
고역이 작품이라는 완성품 내에서는 전혀 눈에 띄지
않는다는 사실이다. 전혀 예술작품으로는 느껴지지
않는 톨스토이의 산문은 흡사 영원히 깊이로부터 우
러나와, 자연처럼 나이도 없이, 우리 시대뿐만 아니
라 온 시대를 초월하여 현존하는 것처럼 보인다. 그
의 산문 어느 곳에도 특정 시기의 인상은 인지되지
아니한다. 누군가 만일 원작자의 서명 없는 그의 개
별단편을 구입했다면, 아무도 그것이 어느 연대에
씌어졌고 심지어는 어느 세기에 나온 것인가를 감히
단언할 수 없을 것이다. 이는 그의 산문이 무시간적
으로 통용되는 절대서술 작품임을 의미한다.

　《세 노인》이나 《인간에게는 얼마나 많은 땅이 필

요한가》등의 민중설화는 인쇄술이 발명되기 천 년 전인 롯과 욥 시대, 문자사용의 초기에 고안된 것처럼 보이고, 반면 이반 일리치의 죽음의 투쟁을 다룬 《폴리카이》는 19세기뿐만 아니라 20세기의 30년대에도 통용될 만한 작품이다. 그도 그럴 것이 여기서는 스탕달이나 루소, 도스토옙스키처럼 한 시대의 영혼이 시대정신의 표현을 추구하는 것이 아니라 원초적이고 초시대적 표현, 요컨대 변화에 종속되지 않는 표현을 추구하기 때문이다.—세속의 정기精氣, 원초적 감각과 불안, 무한성 앞에 놓여진 인간의 원초적 고독이 그의 작품의 주제이다. 그리하여 톨스토이의 균제된 노련미는 인간의 절대공간 내부에서뿐만 아니라 창조적 영속성의 상대공간 내부에서도 시간을 지양하는 것이다. 톨스토이는 그의 서사예술을 결코 배워 익히고 학습받을 필요가 없었다. 그의 타고난 천재성은 진보도 알지 못할뿐더러 후퇴도 알지 못한다. 24세 청년의 작품《코사크인들》에서의 경관 묘사와 60세의 황혼기에 집필한《부활》에서의 저 잊지 못할 부활절 아침 장면만 하더라도 같은 숨결을 흡입한다. 자연의 영원히 시들지 않고 살아 생동하는 감각적 신선함, 게다가 조형적이고 구체적인 무형적·유형적 전체세계의 직관력은 두 작품의 동일한 특징을 이룬다. 톨스토이의 예술에서는 그러므로 배움이나 학습, 하강이나 상승은 존재하지 않는다. 예술은 반세기 동안이나 동일한 즉물적 완성으로 남아 있다. 그의 작품들은 가변적 시간 내에서 신 앞에 놓여진 바위처럼 진지하고 영속적으로, 어떤 위치에서든 굳세고 불변적인 성격으로 현존하는 것이다.

그러나 바로 균형적이면서도 이로 인해 전혀 개성을 겉으로 드러내지 않는 완벽함 때문에, 우리는 톨스토이의 작품에서 예술가적 숨결이 살아 호흡한다는 느낌을 거의 감지하기 어렵다. 톨스토이는 환상 세계의 창조자가 아니라 직접적 현실의 보고자로서 나타난다. 실제로 톨스토이를 시인으로 칭할 때는 가끔 일종의 거리낌을 느끼는데, 왜냐하면 시인이라는 비약적 언어는 왠지 다른 종류의 인간, 인간적인 것의 고양된 형식, 신화와 마법과 비밀스럽게 연관된 존재이기 때문이다. 반면 톨스토이는 '고고한' 인간 유형이 아니라 완전히 차안적 인간이고, 내세의 인간이 아니라 모든 지상적 성격의 정수인 것이다. 어느 경우에도 그는 포착 가능한 것, 감각적으로 명료한 것, 취급 가능한 것의 밀접한 범주를 넘어서지 않는다. 즉 이런 한도 내에 머물러 있지만 완벽하기 그지없는 것이다! 그는 평범한 것을 넘어서는 다른 어떤 것, 음악적이라든가 마법적인 특성을 소유하고 있는 것은 아니지만, 이루 형용할 수 없는 강건함을 지닌다. 그는 영혼을 통해서만 더 강렬한 역할을 수행한다. 그의 오감五感은 보통사람에 비해 훨씬 더 뚜렷하고 명료하며, 훨씬 더 풍부하고 지혜롭다. 그의 기억력은 더욱 비상하고 논리적이며, 그의 사유는 영민하고 복합적이면서도 동시에 정확하며, 더욱이 간결하다. 모든 인간적 특성은 평범한 사람의 경우보다 백 배는 충만한 그의 유기체의 완벽한 장치 속에서 작동한다. 그러나 결코 톨스토이는 함부로 평범함의 한계를 넘지 않는다. —이 때문에 도스토옙스키에게는 당연한 것으로 부여된 천재라는 말이 거의 거론되지 않는다.

톨스토이의 창작은 결코 파악 불가능한 마성의 자극으로부터 이루어진 것이 아니다. 이런 지상적 환상이 '즉물적 회상' 저편에서 오직 평범한 인간사의 어떤 것을 창조해 냄으로 해서, 그의 예술은 항상 정밀하고 사실적이고 명료한 성격, 인간적 상태를 유지하는 일상적 예술, 잠재력 있는 현실이 되는 것이다. 이런 까닭에 그가 서술하면 예술가의 음성이 아니라 사물 자체의 음성으로 여겨진다. 인간과 짐승들은 그들 자신의 따뜻한 보금자리에서 나오듯 작품으로부터 솟아나온다. 그들의 배후에서 그들을 뜨겁게 추적하는 시인의 열광은 느껴지지 않는다. 이를테면 도스토옙스키는 소설의 인물들을 항상 열정의 채찍으로 내리쳐서는 그들로 하여금 미친 듯이 울부짖으며 정욕의 격투장으로 몰려가도록 만든다. 톨스토이가 서술할 때는 그의 숨소리를 듣지 못한다. 그는 산악지대의 농부가 산정에 기어오르는 것처럼 천천히 서술한다. 그의 서술 방식은 느린 템포로 균형을 맞추면서 단계적으로 한 걸음씩 진행되며, 비약이나 성급함, 지리멸렬함은 보이지 않는다. 따라서 우리들 역시 그와 함께 보조를 맞추는 기이한 정적의 상태에 이르는 것이다. 독자는 주저하고 회의하면서도 권태를 느끼지 않는다. 그들은 작가의 억센 손에 이끌려 한 걸음 한 걸음 그의 서사시의 거봉巨峯에 올라가지만, 갈수록 넓게 펼쳐진 산하山下의 지평을 내려다보게 된다. 사건들은 서서히 진행될 따름이고, 원시안은 차츰차츰 개명된다. 그렇지만 그 모든 사건은 필연성에 따라 시계처럼 정확하게 일어나는데, 그것은 아침이면 어둠을 뚫고 올라와 대지를 밝게 비추는 일출日出의 한 치도 오차 없는 정확도를 지닌다.

톨스토이는 최초시대의 저 서사시인들, 음유시인과 송가시인 및 연대기의 기록자들이 서술하듯 아주

자연스런 어조로 서술한다. 당대에는 인간들에게 초
초함이란 없었고, 자연 역시 인간과 분리되지 않았
던 상태로서, 인간과 동물, 암석과 식물의 차등 또한
없었던 것이다. 그랬기에 시인은 가장 미소한 것이
나 강렬한 것 할 것 없이 똑같은 경외심과 신성을 부
여했었다. 이는 톨스토이에게도 다를 바 없다. 그에
게는 쓰러져 신음하는 개의 몸부림이나 훈장을 둘러
찬 장군의 죽음, 또는 바람결에 꺾여서 죽어가는 나
무의 소멸 사이에 아무런 차이가 없다. 미적인 것과
추한 것, 동물적인 것과 식물적인 것, 순수한 것과
불결한 것, 마법적인 것과 인간적인 것, 이 모든 것
을 그는 조형적이면서도 영적인 안목의 동일한 시선
으로 바라본다.―그가 인간을 자연화했는지 자연을
인간화했는지를 누군가 구별하려 했다면, 이는 말
장난에 불과했다. 따라서 지상적인 것 내부의 어느
영역도 그에게는 폐쇄되어 있는 것이 아니다. 그의
감정은 젖먹이의 분홍빛 육체로부터 마구간으로 쫓
겨들어가는 말의 덜렁거리는 가죽으로 이입되는가

하면, 농촌여인의 무명옷에서 야전군 사령관 각하의 군복으로 옮겨다닌다.

그의 전능하고 자유분방한 감정은 가장 비밀스럽고 가장 육감적인 지각知覺의 불가해한 확실성을 가지고 어느 사람의 육체든, 어느 사람의 영혼이든 가릴 것 없이 거주한다. 여인들은 번번이 자신들의 가장 깊숙이 엄폐되어 남성으로서는 공감할 수 없는 육감肉感을 어떻게 이 남자가 적나라하게 묘사하는지 몹시 궁금해 하면서 질문한 바 있었다. 모유가 흘러나올 때 느껴지는 젖가슴의 통렬한 흡착감이라든가, 또는 젊은 아가씨가 첫 무도회에서 최초로 가슴 부위를 노출한 데 대한 이상야릇한 차가움 등이 그러했다. 더욱이 여인들의 놀라움을 언어로 표현하기 위해 짐승들에게 목소리를 부여하면, 도대체 그에게는 어떤 무서운 직관력이 있길래 메추라기에 가까운 냄새로 벌벌 떠는 사냥개의 고통스런 욕구를 헤아리고, 또 운동 속에서만 다양하게 나타나는 종마種馬의 갖가지 본능을 헤아릴 수 있는가 묻는 것은 당연하리라.—《안나 카레니나》의 저 사냥 장면의 묘사를 읽어보면 알 것이다. 여기서 극도로 정확한 세부지각은 뷔퐁Buffon에서 파브르에 이르는 동물학자와 곤충학자의 온갖 실험들을 표현상으로 선행한다. 톨스토이가 보여주는 관찰의 정확성은 지상에 존재하는 어떤 것이라도 차별 없이 통용된다. 즉 그는 사랑에 있어 편견을 갖지 않는다. 그의 순박한 눈빛으로 바라볼 때 나폴레옹은 더 이상 군인 중의 마지막 군인을 대변하는 인간이 아니다. 오히려 나폴레옹은 그의 꽁무니를 졸졸 따라다니는 개나 이 개가 밟고 다니는 돌덩이보다 중요하지도, 실체가 분명하지도 않다. 지상에 존재하는 모든 것, 인간과 흙덩이, 식물과 동물, 남성과 여성, 노인과 어린애, 야전군 사령관과 농부가 동일한 빛의 균형을 이루는 감각적 도약으로서 그의 인지기관에 흘러들어와, 그로부터 질서정연한 형상으로 되뿜어나온다. 이런 점이 항상 참다운 자연과 자연의 서사문학적인 면을 다분히 지닌 그의 예술에 대해 계속해서 호머의 이름으로 살아 있는 그 바다처럼 단조롭고도 위대한 리듬을 부여하는 것이다.

그토록 풍부하고 완벽한 시선으로 사물을 바라보는 자는 허구의 필요성이 없으며, 그토록 시적으로 관찰하는 자는 어떤 것도 시화詩化할 필요가 없다. 공상가 도스토옙스키와는 상반되는 절대 각성의 예술가 톨스토이는 비상한 것에 도달하기 위하여 현실의 경계를 넘어설 필요성을 전혀 느끼지 않는다. 그는 초월적 환상공간에서 사건을 끌어내는 것이 아니라 인류공동의 대지, 평범한 인간 내부로 파들어가 그곳에 대담하고 모험적인 갱도를 설치한다. 그런데 톨스토이는 인간적인 것 속에서 다시 편향적이고 병적인 본성을 관찰하거나 그것을 초월하려는 것을 불필요하게 생각한다. 이것이 셰익스피어와 도스토옙스키가 신과 짐승, 아리엘과 알료샤, 칼리반과 카라마조프 사이에 새로운 중간단계를 비밀스럽게 세우려고 꿈꾸었던 것과는 다른 점이다. 이미 가장 일상적이고 천박한 농군조차도 그가 도달한 깊이의 그

갱도 속에서는 비밀이 된다. 그가 영혼의 가장 심원한 협곡에 들어갔을 때에는, 그 대상이 농군이거나 군인, 술주정뱅이, 개나 말이든, 그리고 설령 그것이 값지고 귀한 존재이든 상관없이 그는 만족해 한다. 그러나 전혀 차별 없이 나뉘어진 형상들에서 그는 영적으로 특별난 것을 추출해 내는데, 그러기 위해서 그는 결코 이들을 미화하는 것이 아니라 내적으로 심화시킨다. 그의 예술작품은 이런 것만을 현실의 언어로써 말하기 때문에 한계를 보이기도 하지만, 그러나 그보다 앞서 말한 어느 시인의 말보다도 완벽하기에 위대한 것이다. 톨스토이에게 미와 진리는 동일하다.

그는 이렇게 ―다시 한 번 명백히 밝히건대― 예술가들 중에서도 가장 통찰력 있는 예술가이기는 하지만, 온갖 현실을 보고하는 현실의 투시자라든가, 허구적 창조의 시인은 아니다. 톨스토이는 도스토옙스키처럼 예민한 신경을 통하여, 횔덜린이나 셸리처럼 환각을 통하여 가장 섬세한 지각능력을 발휘하는 것이 아니라 오로지 빛처럼 환하게 방사放射하는 감각의 동시작용을 통해서 지각능력을 발휘한다. 감각들은 벌 떼처럼 지속적으로 동시작용을 일으켜서 그에게 항상 관찰의 새롭고 다채로운 입자를 가져다주는 것으로, 그런 후에는 그 입자가 모여 다시 부글부글 발효되고 마침내 그것은 예술작품에서 황금빛으로 흐르는 꿀로 형상화되는 것이다. 오직 이런 것, 즉 놀랍도록 적응력 있고 투시력 있는 감각, 강인하기 이를 데 없으면서도 섬세하며, 사려 있고 과민하고 거의 동물적 본성에 가까운 감각만이 그에게 모든 현상으로부터 감각적 실체에 기초해 있는 저 진기한 재료를 가져다준다. 그런데 이 날개 없는 예술가의 독창적인 화학비법은 화학자가 식물과 꽃에서 휘발성 소재를 끈기 있게 증류해 내듯이 천천히 재료를 영혼의 내용물로 전위시킨다.

서술자 톨스토이의 소박단순함은 언제나 개별관찰에서 얻어진, 이루 헤아릴 수 없이 많은 미립자들의 다양에서 비롯된 것이다. 의사와도 같이 톨스토이는 우선 어느 개별자의 모든 육체적 특성을 정리하는 일반검진으로 시작하고, 그런 연후에야 서사적 증류 과정을 그의 소설세계에 적용시킨다. 톨스토이는 언젠가 한 친구에게 다음과 같이 서한에 적고 있다. "나에게 이 준비작업, 일단 밭을 갈고 씨를 뿌리기 전까지 심사숙고하지 않으면 안되는 필연성이 얼마나 어려운지 자네는 상상도 못 할걸세. 기획된 방대한 작품의 그제서야 형성되어가는 모든 인물들에게 어떤 사건이 벌어지면 좋을까 생각에 생각을 거듭하는 것은 몹시도 힘든 일이라네. 정말 견디기 어려운 것은 그토록 많은 행위의 가능성들을 상정해 놓고, 그러고는 거기서 백만분의 일을 선택해 내는 일이라네." 개별인물들의 창조에는 환상적 과정보다는 기계적 작업이 반복되기에, 이제 고려해야만 하는 것은 얼마나 많은 낱알들을 이 인내심의 방아에 넣고 찧어서 새롭게 형상화할 것인가 하는 점이다. 그때그때의 통일성이라든가 모든 인간은 수천의 개별체에서 나오고, 그 개별체 역시 계속되는 무한소의 결실인데, 왜냐하면 그는 냉철하고 실수 없는 확대경의 올바른 안목을 가지고 개개의 성격학적 증상을 면밀하게 탐구하기 때문이다.

그는 획마다 정성들이는 각고의 문체를 통하여 입 하나가 형상화되도록 윗입술과 아랫입술의 기이한 개인적 특징을 그리는가 하면, 어떤 영적인 감흥이 일어날 때의 빙긋 웃는 모습을 기록하고, 분노로 일그러진 주름과도 같은 웃음을 정확하게 소묘한다. 그런 것이 끝나면 그는 그제서야 입술에 색깔을 칠하고, 보이지 않는 손길로 살점이나 각질을 매만지며, 입 주변을 그늘지게 하는 수염의 어슴푸레함을 정밀하게 찍어넣는다. 그럼에도 불구하고 입 모양은 여전히 준비단계, 형상화의 순수 육화肉化 과정일 따름이다. 그것은 이제 성격기능, 언어의 율동학, 유기적으로 이 특수한 입에 걸맞은 목소리의 전형적 표현을 통하여 보충된다. 그리하여 입 모양만이 아니라 코와 볼, 턱과 머리카락 등이 그의 묘사의 해부학적 산맥 속에서 거의 경악스러울 정도로 세밀하게 확정되며, 세부묘사 또한 다른 것과 긴밀하게 톱니를 이루면서 정리된다. 청각적, 음성적, 시각적, 역학적으로 이루어진 그 모든 관찰들은 예술가의 내밀한 실험실에서 다시 한 번 상호 연관적으로 정선된다. 이러한 세부 관찰들의 환상적 총합이 끝나야 비로소 질서를 창출하는 예술가가 거기에서 본질을 도출한다. 무질서한 덩이들은 엄밀한 선택의 체로 걸러서 압착되는 것이다. ―결과들의 간결한 처리는 쓸데없이 과도한 관찰법과는 상치된다.

그도 그럴 것이 모든 감각적 요소가 바로 기하학적으로 정확하게 자리잡아 형체를 완성한 다음에야 비로소 시각적으로 구성된 찰흙인형 골렘Golem이 말하고 호흡하고 숨쉬기 시작하기 때문이다. 톨스토이에게서는 언제나 영혼과 정령, 신神의 나비가 섬세한 관찰의 수천 갈래 그물 속에 포획되어 있는 것이다. 반면에 그의 상대자 도스토옙스키, 저 '직관적 투시자'의 경우에는 개별화가 그와는 정반대로 이루어진다. 영혼은 그에게 일차적인 것이고, 육체는 단지 미물微物의 표피처럼 영혼의 투명한 불꽃을 헐렁하고 가볍게 둘러싸고 있을 뿐이다. 가장 성스러운 순간 속에서 영혼은 육체를 불태워 버리고 살아올라 감정의 에테르, 순수 황홀경의 상태로 날아가 버릴 수도 있는 것이다. 그러나 '이지적 투시자', 깨어 있는 예술가 톨스토이의 경우에는 영혼이 결코 육체를 떠나 비상하거나 단 한 번도 마음껏 자유롭게 호흡하지 못한다. 항상 육체는 영혼의 주위에 딱딱한 껍질로 무겁게 매달려 있는 것이다. 그러므로 그의 피조물 가운데 가장 가벼운 존재들조차도 결코 신을 향해 비약하거나 지상을 박차고 올라가 세상에서 자유롭게 되지 못한다. 그들은 오히려 무거운 짐을 짊어지고 한 걸음 한 걸음 무겁게 걸어가면서, 흡사 자신의 육체를 등에 업은 것처럼 신성과 순결을 향하여 한 계단 한 계단 콜록거리며 올라간다. 그들은 항상 무거운 짐과 세속성에 짓눌려 피로에 찌들려 있는 것이다. 이 날개 없고 유머 없는 예술가를 대면할 때면 언제나, 바로 우리들이 밀폐된 대지에 살면서 죽음에 둘러싸여 있으며, 우리들 자신이 괴롭기 그지없는 무無와 치열하게 투쟁하고 있다는 사실이 고통스럽게 상기된다. 투르게네프는 언젠가 "나는 당신께 더 많은 정신적 자유가 깃들이기를 소망합니다"라고 통찰력 있는 편지를 톨스토이에게 보낸 바 있었다. 우리 또한 이런 것, 톨스토이의 인간들에게 좀 더 많은 정신적 자유와 더욱 힘찬 영혼의 도약이 깃들어 있기를 소망한다. 그들이 즉물적이고 육체적인 것에서 뛰쳐나올 수 있기를, 아니면 적어도 보다 순수하고 명료한 세계를 꿈꿀 수 있기를 바라는 것이다.

톨스토이의 예술은 따라서 '가을의 예술'로 명명되어도 좋으리라. 윤곽이란 윤곽은 칼로 자른 듯 매끄럽고 날카로워 러시아 황야의 언덕 없는 지평을 현격하게 부각시키며, 암갈색 숲들로부터는 시들고 메마른 나무들의 습한 냄새가 진하게 풍겨온다. 톨스토이의 작품에 나오는 경관에서는 늘 가을의 분위기가 느껴진다. 가을이 지나면 금방 겨울이 닥쳐올 터이며, 그러면 곧 죽음이 자연에 스머들 터이니, 모든 인간이나 마찬가지로 영원한 인간 또한 사라져 우리의 마음속에 남게 되리라. 꿈이 없는 세계, 망상도 거짓도 존재하지 않는 세계, 무섭게 황량하고 신이 없는 세계 ― 톨스토이는 칸트가 국가이성으로부터 그랬듯이 말년에 이르러서야 삶의 이성으로부터 신을 고안하여 그의 우주를 창조해 내는데, 여기에는 냉혹한 진리와 명석 이외의 다른 빛은 없을 뿐더러, 그렇지 않다 해도 그것은 마찬가지로 냉혹함일 뿐이다. 도스토옙스키에게서 보이는 영혼의 공간은 우선은 톨스토이의 균형잡힌 냉철함보다 한층 더 우울하고 어둡고 비극적인 인상을 풍기는 것처럼 보인다. 그러나 도스토옙스키는 번번이 그의 암울함을 도취의 번뜩이는 황홀경으로 산산이 조각내며, 단 얼마간의 순간이나마 심장에서 끓는 피는 환상의 하늘로 힘차게 솟아오른다. 이에 반해 톨스토이의 예술은 도취도 위안도 알지 못하며, 언제나 신성하고 냉철한 동시에 흐르는 물처럼 투명하고 유유하다. 그의 예술의 경이로운 투명성 덕분에 모든 깊이를 속속들이 들여다볼 수는 있지만, 그러나 이 같은 인식이 영혼을 완전한 무아경 내지 황홀경으로 채우지는 못한다. 그의 예술에는 투명한 광선과 사물을 꿰뚫는 정확성이 있어서 과학처럼 철저하고 분별력 있다. 하지만 그런 예술은 우리를 행복하게 해주지 않는다. 이런 것이 톨스토이의 예술이다.

그러나 어찌 지자知者 중의 지자인 톨스토이가 꿈이 선사하는 황금빛 보상이나 음악의 은총도 받지 못하는 예술, 엄격한 눈으로 만들어 내는 작품의 저 가혹함과 비정함을 느끼지 않을 수 있으랴! 그는 예술이 자신에게나 타인에게 삶의 행복하고 긍정적인 의미를 수여하지 못한다는 것을 알았기에 근원적으로는 예술을 사랑하지 않았다. 그것은 이 무자비한 눈동자 앞에서 그의 전체 현존이 무서운 절망의 태도를 취한 데서도 잘 나타난다. 영혼이란 참으로 죽음을 사방으로 드리운 공간 속에서 벌벌 떠는 조그만 유기체이고, 의미 없는 카오스적 역사는 우연스럽게 발생하는 경험적 사실인 것으로, 그렇기에 육체적 인간이라는 것도 삶의 짧은 유예기간 동안 그저 따뜻한 껍질로 치장한, 항시 변화하는 뼈대에 불과하다는 것, 바로 이런 전혀 설명할 수 없는 무질서의 번잡함이 그의 작품에서는 흐르는 물처럼 아니면 시드는 잎새처럼 목적성 없이 나타나는 것이다. 실로 30년 뒤에는 허망한 그림자를 좇는 톨스토이가 갑자기 예술로부터 등을 돌린다는 것이 도무지 이해되지 않는단 말인가? 그가 그의 중량의 쇠사슬을 풀고 타인의 삶을 가볍게 하는 자기본질의 영향을, 이른바 "인간적인 것 속에서 더 높고 훌륭한 감정을 일깨우는" 예술을 동경한다는 것이 이해되지 않는단 말인가? 그 역시 언제인가 가볍게 가락만 울려도 인류의 가슴에 신뢰감의 음률이 흐르기 시작하는 칠현금을 탄주하고 싶어한다는 것, 모든 세속성의 둔중한 압박을 풀어주고 구원하는 예술에의 향수가 그를 강렬하게 사로잡는다는 것, 이런 것이 이해되지 않는단 말인가?

그러나 다 부질없는 짓이다! 무서울 정도로 투명하고 냉정하게 깨어 있는 톨스토이의 두 눈은 삶을 그 자체대로, 죽음이 뒤덮여 어둡고 비극적인 모습 그대로만 바라볼 뿐이다. 거짓말할 줄 모르고 또 거짓말하지 않으려는 이런 예술로부터 직접 진정한 영혼의 위안이 나올 수는 없으리라. 물론 톨스토이가 실제적이고 사실적인 삶을 비극적으로 통찰하고 표현할 수밖에는 없었기에 '삶 자체를 변화시키고', 인간을 더 낫게 만들며, '도덕적 이상을 통하여 그들에게 위안을 주려는' 소망이 노년기에 들면서 일깨워졌는지 모른다. 그런데 실제로 그의 두 번째 시기에 접어들면서 예술가 톨스토이는 더 이상 삶을 단순히 표현하는 데 만족치 않고 예술을 영혼의 교화와 고양수단으로 삼음으로써, 그는 의식적으로 그의 '예술의 의미와 윤리적 과제'를 찾고 있다. 이때부터 그의 장편 및 단편소설들은 더 이상 세계를 단순히 모사하는 것이 아니라 세계를 새롭게 형성하고 그것에 "교육적으로" 영향을 끼치고자 한다. 이 시기에 톨스토이는 "전달력이 강한" 예술, 즉 사필귀정을 통하여 독자에게 불의를 경고하는 동시에 선을 강화하는 특수한 예술을 창조하기 시작한다. 후기의 톨스토이는 순수 삶의 시인에서 삶의 재판관으로 고양되는 것이다.

이 목적론적 교리적 경향은 이미 《안나 카레니나》에서도 인지된다. 이미 여기서 도덕적인 것과 부도덕함이 운명적으로 완전히 엇갈린다. 관능적 인간이자 배덕자, 정욕에 불붙은 이기주의자 브론스키와 안나는 "벌을 받아" 번뇌의 지옥불에 던져진다. 반대로 키티와 레빈은 영혼의 정화 상태로 고양된다. 여기서 최초로, 이제까지는 순수한 서술가였던 톨스토이가 자신의 피조물들에 대한 찬반양론에 관여한다. 한데 교과서식으로 주요신앙의 골자를 강조하고, 마치 감탄문과 인용문으로 창작하는 듯한 그의 소설 경향, 이런 교리적 숨은 의도가 점점 더 성급하게 튀어나오는 것이다. 《크로이체르 소나타》, 《부활》에 가게 되면 결국은 얄팍한 시詩의 옷 속에 벌거벗은 도덕신앙이 도사리고 있으며, 전설들은 설교자의 교리에(그럴듯한 형식을 갖추어!) 봉사한다.

예술은 톨스토이에게 점차 종국적 목적이나 자기 목적도 되지 못한다. 그가 "진리"에 봉사하는 한, 그는 "사치스런 거짓"을 사랑할 뿐이다. 그가 예전처럼 현실적인 것, 감각적·영적 사실이 아니라 더 높고 —그가 말하고 있듯이— 정신적이며, 자신의 위기를 알게 하였던 종교적 진리에 봉사하는 한 거짓을 즐기는 것이다. 톨스토이에 의하면 "좋은" 책은 완벽하게 형상화된 책이 아니라 "선"을 고무시키는 책, 인간에게 보다 큰 인내와 부드러움을 주면서도 기독교적이고 인간적이며 자비심을 키워주는 책이다. 이 때문에 얌전하고 뚝뚝한 작가 아우어바흐Erich Auerbach가 "해로운 자"인 셰익스피어보다 그에게는 더 중요하게 여겨진다. 가면 갈수록 방향추가 톨스토이의 예술가적 손길로부터 빠져나와 도덕적 교리로 기울어진다. 탁월하기 이를 데 없는 인간서술자는 의식적으로 그리고 경외심을 가지고 인류개량자, 도덕주의자로 퇴각한다.

그러나 예술 또한 신적인 모든 것이 그렇듯이 관용 없고 자기편향적인 까닭에 자신을 부정하는 자에게 복수하는 것이다. 예술이 더 높은 것처럼 보이는 힘에 예속되어 봉사해야 하는 순간, 그것은 거장의 자리에서 무섭게 달아나 버린다. 톨스토이가 예술을 교리적 관점에서 형상화하는 그 순간, 그의 인물들의 기본적 감각은 그 즉시 생기가 없어지고 창백해진다. 지성의 암울하고 차가운 광선이 안개처럼 뿌옇게 밀려들면, 사람들은 논리의 넓은 옷자락에 놀라 비틀거리다가 출구를 향해 피곤한 몸을 이끌고 비척대며 걸어나간다. 그는 뒤에《어린 시절의 회상》,《전쟁과 평화》등의 명작을 도덕적 맹신으로부터 "저열하고 가치없고 쓸모없는 책"이라고 말하는데, 이유인즉 그런 책들은 다만 심미적 요구, "비속한 방식의 만족"만을 ─아폴로 신이여 들으소서! ─ 충족시키기 때문이라는 것이다. 그럼에도 불구하고 그 책들이야말로 진정 명작으로 남아 있는 데 반해, 목적론적이고 도덕적인 책들은 졸작으로 남아 있을 뿐이다. 당연한 것이 톨스토이가 그의 "도덕적 압제"에 몰두하면 몰두할수록, 그는 그의 천재의 근원인 감각의 진실성에서 멀어지고, 따라서 그만큼 예술가로서는 불순해지기 때문이다. 전설의 거인 안테우스Antäus처럼 그는 모든 힘을 지상으로부터 잃는 것이다. 톨스토이가 비할 바 없이 투명한 눈으로 감각적인 것을 들여다볼 때는, 그는 노년에 이르러 죽을 때까지도 천재성을 보여주고 있다. 반면에 그가 음울한 것, 형이상학적인 것을 매만질 때는, 무서우리만큼 그의 균제가 허물어진다. 예술가가 철저히 정신적인 것 속으로 동요하면서 날아들기를 얼마나 강렬하게 희구하는가를 보는 것은 거의 경악스럽다. 우리의 험준한 대지에서 발걸음을 무겁게 옮기면서, 우리 시대의 어느 누구도 손대지 못하는 그 대지를 경작하고 일구고, 인식하고 서술하는 것, 그것은 오직 운명의 결정이었다.

이런 비극적 분열은 모든 작품과 모든 시대에 걸

쳐 영원히 반복된다. 예술작품이 고취시키려 하는 것, 즉 증명받고 증명하고자 하는 의도는 대부분 예술가를 약화시킨다. 참다운 예술은 이기적이다. 예술은 그 자체와 완성만을 원할 뿐이다. 순수 예술가란 오직 작품만을 생각하도록 허용받은 자로서 작품을 수여할 인류를 생각지 않아도 좋은 것이다. 톨스토이 역시도 그가 때문지 않고 순수한 눈으로 감각세계를 형상화했을 때는 오랫동안이나 예술가로서 최고의 경지에 있었다. 그가 작품을 통해서 인류를 돕고 개선하고, 이끌고 가르치려는 동정 어린 관여자가 되자마자, 그의 예술은 그 즉시로 감동적인 힘을 상실하고, 그리하여 톨스토이 자신이 그의 모든 형상들보다 운명적으로 더 가련한 형상이 되어버린다.

자기서술

우리들의 삶을 인식한다는 것은 곧
자기 자신을 인식한다는 것을 의미합니다.
-루사노프에게, 1903년

이 엄격한 눈빛은 냉혹하게 세계를 겨냥하는 동시에 냉혹하게 자기 자신을 겨냥한다. 톨스토이는 천성적으로 불명료함, 지상적 세계의 내부에서든 외부에서든 안개처럼 자욱하고 그늘처럼 어두운 것을 참지 못한다. 예술가로서 나무의 잔금이나 또는 놀라서 펄쩍 뛰는 개의 전율하는 몸동작에서 가장 자세한 윤곽을 엄밀하게 살피는 데 익숙하던 그였기에, 둔하고 불명료하게 뭉쳐 있는 것이 있을 때는 자기 자신조차도 도저히 참을 수 없는 것이다. 이 때문에 항상 끊이지 않고, 아니 어린 시절부터 지속적으로,

그의 기본적 탐구욕은 자기 자신을 겨냥한다. "나는 나를 철두철미 알아야 한다"고 19세의 청년 톨스토이는 일기장에 적는다. 톨스토이 같은 진리광眞理狂은 열정의 자서전 작가일 수밖에 없을 것이다.

그러나 자기서술은 세계서술과는 상반되게 예술작품에서의 일회적 성과로는 결코 완벽하게 해결되지 않는다. 작가 자신의 자아는 형상화를 통하여 완벽하게 분석되지 않는데, 왜냐하면 일회적 관찰로는 지속적으로 변전하는 자아를 완결짓지 못하기 때문이다. 따라서 위대한 자기서술가는 전 생애에 걸쳐서 자기형상화를 반복한다. 뒤러, 렘브란트, 티치아노 등의 예술가들 모두가 거울 앞에서 자기서술을, 그들의 청춘기 작품을 시작해서는 지긋한 나이가 되어서야 그것을 그만둔다. 그도 그럴 것이 자기서술이란 변전의 흐름뿐만이 아니라 줄기찬 지속성을 자신의 육체적 형상을 근거로 해서 자극해 나가는 까닭이다. 마찬가지로 현실의 기록자 톨스토이도 자기서술을 결코 완결짓지는 못한다. 본인도 언급하고 있듯이 네클류도프나 사리친, 아니면 피에르나 레빈이든 간에, 어떤 확정적 인물 속에 자신을 표현해 보아도, 작품이 완결되는 순간 그는 거기서 더 이상 자신의 모습을 찾지 못한다. 새로운 형식을 얻고자 그는 또다시 이런 작업을 시작하지 않으면 안 된다.

하지만 톨스토이라는 예술가는 조금도 지칠 줄 모르고 그의 영혼의 그림자를 줄기차게 추적한다. 그 자신이 계속해서 영혼의 무상성 속에서 도피해 다니면서도, 그는 늘 새롭고 완성될 수 없는 과제, 의지의 거인이 항상 극복의 유혹에 빠져들었다고 느끼는 과제에 재빨리 손을 내민다. 그럼으로 해서 이렇게 보낸 60년 동안, 어떤 인물 속에 톨스토이의 자화상을 포함하지 않는 작품은 없으며, 또한 이 남자의 넓이를 자체에 포용하지 않는 작품은 단 하나도 없는 것이다. 장편 및 단편소설, 일기, 편지들을 통틀어야 비로소 그의 자기서술이 나타나지만, 그러나 그것도 우리 세기의 어떤 인간이 남겨놓은 것보다 다양하고 주의 깊고 일관성 있는 자화상이다.

실로 언제나 체험된 것과 인지된 것만을 재생할 줄 아는 이 현실의 모방자 톨스토이는 살아 있는 것, 지각에 의해 포착된 것을 시야에서 절대로 놓칠 줄 모른다. 그는 부단히 강박에 사로잡히고, 때로는 의지를 거역하면서까지 항상 경계심의 저편에서 완전히 탈진하도록 자기 자신의 삶에 대해 철저히 탐구하고 엿듣고, 설명하고 "감시"해야 한다. 그렇기에 그의 자서전적 열정은 가슴속 심장의 고동이나 이마 밑의 뜨거운 사고처럼 한순간도 정지하지 않는다. 창작이란 그에게 자기 자신을 올바르게 조정하고 보고함을 의미한다. 그러므로 톨스토이가 실행에 옮겼던 자기서술의 형식은 회상의 순수 기계적 사실교정, 교육적이고 도덕적인 통제, 풍속상의 윤리적 탄핵과 영적 고해 등을 동반하며, 자기서술이란 이런 의미로 자기억제와 자기신생自己新生이고 또한 자서전이란 미학적 행위이자 종교적 행위인 것이다. ─ 하지만 그 모든 형식, 자기서술의 동기들을 개별적으로 상세히 묘사하는 것으로 끝날 일이 아니다.

우리는 그의 일기를 통해 80세의 노인보다 적지 않게 18세의 청년에 대해서도 알고 있다. 우리는 그의 청춘의 열정과 결혼의 비극을 알고 있고, 그의 터무니없는 행위와 마찬가지로 가장 내밀한 사고까지도 기록을 통해 알고 있다. 그런데 여기서도 "입술을 꼭 다물고 살았던" 도스토옙스키와는 상반되는 점이 나타나는데, 톨스토이는 그의 현존의 "문과 창을 활짝 열고" 살기를 갈구했다. 우리는 그의 모든 은연중의 미소와 발걸음까지도 알고 있다. 팔십 평생의 하염없이 흘러가 버린 가장 사소한 일화들뿐만이 아니라 무수한 재생산물들의 육체적 형상 또한 자세히 알고 있다. 제화점이나 농부들과의 대화에서 생긴 일, 말 타고 밭을 일구고, 때로는 글 쓰고 잔디에서 테니스 치던 일, 부인이나 친구, 손녀와 보내던 시간들, 심지어는 잠자리에서의 상념과 죽음에 대한 사고에 이르기까지 우리는 속속들이 알고 있는 것이다. 그런데 이와 같이 어느 누구도 따를 수 없는 육체적·정신적 서술과 자기문서화는 그 밖에도 무수

한 회상의 파편들과 그의 주변인물들의 기록들에서
도 매우 특징적으로 나타난다. 이를테면 부인과 딸,
비서들, 신문기자와 불시에 찾아오는 방문객들의 진
술이 그러하다. 아마도 톨스토이에 대한 회상을 모
두 묶어 지면으로 옮기면 야스나야 폴랴나 삼림을
다시 한 번 재구성할 수도 있으리라. 어느 시인도 의
식적으로 그렇게 개방적 삶을 살지는 못했고, 어느
전달자도 인간들에게 자신을 스스럼없이 열어 보이
지는 못했다. 괴테 이래로 우리는 내적 관찰 및 외적
관찰을 통하여 톨스토이처럼 그렇게 자기 삶을 남김
없이 문서화한 사람을 알지 못한다.

　톨스토이의 이런 자기관찰의 강박은 그의 의식 자
체처럼 과거로 깊숙이 거슬러 들어간다. 그것은 말
배우기 한참 이전, 아장아장 걸어다니는 불그스레한
유아의 몸 속에서 시작하여 말을 하려 해도 나오지
않는, 죽음의 병상에 누워 있는 83세의 노구老軀가
되어서야 끝난다. 유아기의 침묵에서 종말기의 침묵
에 이르는 이 거대한 공간에는 그러나 한순간도 말

과 글이 그치는 적이 없다. 19세의 나이로 고등학교를 막바로 마친 대학생의 일기장 한 권을 구입한다. 그는 곧 일기장 첫 몇 페이지에 다음과 같이 기록한다. "내가 전혀 일기를 쓰지 않았던 까닭은 그런 것의 유용성을 깨닫지 못해서였다. 그러나 나의 능력의 발전에 전념하고 있는 이 시점에 들어와, 나는 일기장에 따라서 내 발전 과정을 추적할 수 있게 될 것이다. 일기장이 내 삶의 법칙을 각인하게 될 터이고, 일기장 안에 내 장래의 행위들 또한 틀림없이 기록되게 될 것이다." 그는 맨 먼저 아주 상인다운 방식으로 그의 의무계좌, 즉 기획과 이득의 대차대조표를 설정한다. 19세의 청년은 그의 인물의 투입 자본에 대해 완벽하게 파악한다. 최초의 결산이 끝나자 그는 자신의 "특별한 임무"를 부여받은 "특별한 인간"임을 확증한다.

그러나 동시에 이 애송이 청년은 자신의 태만함, 돌발적이고 민감한 기질을 억눌러 아주 도덕적인 삶의 유용성을 끌어내기 위해서는 얼마나 무서운 의지의 절제력을 발휘해야 하는지를 냉정하게 증명한다. 그래서 그는 조금이라도 그의 힘을 소모하지 않도록 그날 그날 행한 일에 대해 통제기구를 설치한다. 일기야말로 자극제 역할을 수행함으로써, 자신을 교육적으로 통찰하고 "자기 삶에 대해 감시하게" 되는 것이다—우리는 늘 톨스토이의 이 말을 반복하게 된다. 예를 들면 이 애송이 청년은 어느 하루의 결과를 아주 냉정하게 결산한다. "12시에서 2시까지: 비기체프와 보냄. 솔직히 말해 허영기 있고 자기기만적 성격임. 2시에서 4시까지: 체육. 지구력과 인내심 부족. 4시에서 6시까지: 점심을 먹은 후 사소한 물건 구입. 귀가 후: 글을 쓰지 않았음. 태만: 볼콘스키에게 가야 하는 것인지를 결정할 수가 없었다. 비겁함. 나의 행동은 옳지 못했다: 비겁함. 공허함. 배은망덕함. 유약함. 태만함." 이 애송이는 일찍부터 냉정하고 엄격하게 자신의 목을 조른다. 60년 동안이나 이 강철 같은 성격은 사라지지 않는다. 19세 청년과 똑같이 82세의 노인 톨스토이도 자신에게 채찍을 휘두른다. 예전과 변함없이 피곤한 육체가 의지의 스파르타식 훈련을 따르지 못하면, 그는 케케묵은 일기장에다 "비겁하고 추하고, 게으른 인간 같으니"라는 욕설을 퍼붓는 것이다.

허나 그의 도덕주의가 일찌감치 성숙하듯 그의 예술가적 기질 또한 일찍부터 자기형상을 얻고자 갈망한다. 23세의 나이로 그는 세 권의 자서전 ―세계문학에서 유일한 것!― 을 집필하기 시작한다. 거울에 반사된 눈빛이 그의 최소의 눈빛인 것이다. 아직도 젊은이였으니 세계를 체험할 리 없었고, 따라서 23세의 젊은이는 자신의 어린 시절을 유일한 체험의 대상으로 선택하게 된다. 12세의 뒤러가 아직까지 어린 티를 벗지 못한 그의 앳된 얼굴을 우연히 종이에다 그리기 위해 은빛 파스텔을 손에 잡듯, 당시에 포병으로서 코카서스 산맥의 요새로 파견된 애송이 장교 톨스토이는 그저 장난기 섞인 호기심으로 자신의 "유아기", "소년기", "청년기"를 서술하려고 시도한다. 누구에게 쓸 것인가에 대해서 당시로서는 문학, 신문, 대중 따위를 전혀 생각하지 않는다. 그는 본능적으로 표현을 통해 자기를 해명하겠다는 충동에 사로잡힌다. 더욱이 이런 애매한 충동은 어떤 목적성에 의해 가시화된 것은 아니고, 그가 나중에 요구하게 되듯이 "도덕적 요청의 밝은 빛으로부터 촉발된다." 코카서스의 젊은 장교는 호기심과 지루함을 못 이겨 그의 고향과 어린 시절의 모습을 종이에다 채색한다. 뒤에 톨스토이에게서 싹트게 될 성스러운 군세軍勢, "참회"와 "선" 의지를 그로서는 전혀 예상도 못한다. 여전히 그는 '젊음의 치기'를 엄중히 경고하기에는 역부족이다. —아니, 전혀 소용없는 짓이다. 그가 '작은 아이에서부터 성장하였던' 것처럼, 이런 것만을 체험한 애송이의 어설픈 장난기의 결과로 23세의 청년은 그의 한줌의 현존, 아버지나 어머니, 친척과 교육자, 인간이며 동물이며 자연 등의 최초 인상들을 기술한다.

아직까지도 인생의 쓴맛을 모르는 이 애송이의 허구들은 자신의 위치 때문에 세계와 대면해서는 속죄자로, 예술가들에게는 나름대로의 예술가로, 신 앞에서는 죄인으로, 또 자기 자신에게는 수치스런 존재로 있어야만 한다고 느끼는 장래의 의식적 작가 레프 톨스토이의 한량없이 깊은 분석과는 까마득한 거리에 있는 것이다. 저기서 서술하는 자는 낯섦 속에서 토착적인 것의 따스한 환경, 어느덧 사라져 버린 형상들의 따스함을 동경하는 귀공자의 모습일 뿐이다. 예기치 못한 일이 일어나고 저 뜻밖의 자서전이 그의 명성을 높여주자마자, 레프 톨스토이는 그 즉시 '청년기'의 발전을 중단한다. 저명한 저술가에게서는 무명작가의 티가 조금도 나지 않는다. 성숙한 대가가 되었음에도 자기초상을 결코 형상화하지 못하는 것이다. 이런 경향은 —톨스토이에게 숫자란 숫자는 러시아 대륙만큼이나 넓은 의미를 지니는데— 반세기가량이나 지속되고, 그런 다음에야 체계적으로 자신을 완벽하게 서술해 보겠다는, 젊은이로서 장난스럽게 받아들였던 사고가 예술가에의 자기헌신으로 발전하는 것이다. 그러나 종료로의 전향에 따라 예술가의 과제도 변화하였던 것이다. 그의 모든 사고가 그러하듯이 톨스토이는 그의 "영혼의 정화"를 통하여 전 인류의 정화가 이루어지도록 그의 삶에 대한 형상을 오로지 전 인류에게 바친다. 톨스토이는 "자기 삶에 대한 최대한의 진실한 기술은 모든 인간의 위대한 가치를 소유하는 동시에, 인간에 대해서도 지대한 유용성을 지님에 틀림없다"고 새로운 자기관점을 분명히 하는데 이 결정적 주장을 정당화하려는 모든 준비는 18세에 시작된 것이다.

그렇지만 이에 대한 구체화 작업을 시작하자마자 그는 작품을 떠나는 것 또한 사실이다. 그렇기에 그는 늘 "그런 진리확증의 자서전을… 내 12권의 작품들을 어수선하게 채우고 또 오늘날의 인간이 무의미한 것으로 간주하는 예술가의 잡담보다 훨씬 더 유용하다"고 말한다. 그도 그럴 것이 그의 진리에 대한 척도는 자기현존의 인식과 더불어 이 시기에 성장했던 것으로, 그는 다양하고 심원하면서도 변화 가능한 진리의 전형식全形式을 인식하였다. 23세의 청년은 스키로 매끄러운 표면을 달리듯 삶의 행로를 유유히 미끄러져 나가다가, 책임감 강하고 지혜로운 진리의 추구자로 변신한 뒤에야 낙담한 채 자신의 뒤를 무섭게 되돌아본다. "자기 삶의 역사에는 항상 숨어들게 마련인 불만족, 불명예"로 인하여 그는 불안해 한다. "자기 삶의 역사가 비록 거짓과 직접 통하는 것은 아니라 해도, 그런 식의 자서전이란 잘못 장치된 등불을 통하여, 즉 선을 목적으로 신성神性을 남용하거나 그 자체의 사악한 부분을 왜곡함으로써 거짓이 되지나 않을까" 그는 두려워하는 것이다. 그는 "순수 진리를 기록하고, 내 삶의 잘못을 감추려고 결심했을 때, 그런 자서전이 지니고 있음에 틀림없는 영향에 다시 경악했노라"고 솔직하게 고백한다. 그러나 우리는 그의 결함에 대해 그리 심하게 탄원하지 않는다. 저 시대에 행해진 이른바 '참회'로부터 우리는 다음과 같은 사실을 소상히 알고 있기에 그렇다. 즉, 그의 서술에의 모든 의지는 종교적 위기 이래로 이루어진 진리욕의 대가로 항상 자기징벌의

망아적·고행자적 쾌락으로 변해 버렸고, 모든 회상 또한 경련적인 자기모독으로 전도되었던 것이다.

말년에 톨스토이는 더 이상 서술하기를 원했던 것이 아니라 단지 인간들에게 보여주기 창피한 것, "자신이 고백하기 부끄러워했던 것들"만을 말하고자 하였다. 그리하여 이 종국적 자기서술은 이른바 그의 '비속'과 '죄'의 철저한 탄핵과 더불어 어쩌면 진리의 만화경이 되어 버렸는지도 모른다. 그런데도 우리는 전혀 섭섭하다는 생각조차 들지 않는데, 왜냐하면 우리는 그 밖에도 다른 어떤 것, 참으로 삶을 포괄하고 시대를 휘감는 톨스토이의 자서전, 괴테 외에도 한 시인이 작품 및 서한 일기를 망라하여 육필화한 완벽한 자서전을 가지고 있기 때문이다. 이를테면 모스크바의 우울과 권태에 질려서 직업과 자연으로 도피하고, 거기서 자신을 발견하는《코사크인들》에서의 귀족 출신의 젊은 장교 올레닌은 그의 옷차림 구석구석까지, 그의 얼굴에 난 주름살 하나하나까지 젊은 포병대위 톨스토이와 흡사하다.《전쟁과 평화》에 나오는 몽상적이고 우울한 피에르 베주호프, 그리고《안나 카레니나》에서 삶의 의미를 열정적으로 추구하는, 베주호프의 동생 격인 젊은 지주 레빈 또한 육체적인 면까지도 위기 전야前夜에 있던 톨스토이의 형상 그대로인 것이다. 그 누구도《신부 세르게이Vater Sergius》의 수도사 의상 속에서 신성을 얻으려는 치열한 투쟁, '악마'에게 깃들어 있는 감각적 모험에 대한 노老톨스토이의 저항을 잘못 알지는 않을 것이다. 그의 형상들 가운데 가장 특이한 인물 네클류도프 후작 또한 마찬가지이다(이 인물은 그의 전 작품을 관통한다). 그는 톨스토이라는 인간본질에 깊이 감추어진 소망의 상像이자 이상형으로, 노시인은 그에게 자신의 모든 의도와 윤리적 행위를 부여하는 것이다. 그런데《어둠 속에 서광이 비치다》에 등장하는 저 사리친까지도 아주 가벼운 그의 변형이다.

톨스토이는 오늘날까지도 배우가 항상 그의 가면을 착용하리만큼 완벽하게 가정비극의 장면마다 얼굴을 슬며시 드러낸다. 그토록 광범위한 자연의 얼굴을 지녔기에 톨스토이는 완벽한 전체 형상들의 모습으로 분산되어 나타난다. 괴테의 시와 똑같이 톨스토이의 산문은 유일하고도 일생을 두고 관철된 신앙고백이자 상과 상으로 이어져 서로가 보완되는 거대한 신앙고백인 것이다. 그렇기에 이 다양한 영혼의 세계에는 거의 한 군데도 공허하고 얼기설기 짜여진 곳이 없는 것으로, 그곳은 말하자면 익명의 대지인 셈이다. 그로부터 사회적이고 친족적이며, 서사적·문학적이면서도 시간적·초시간적 물음들이 설명된다. 괴테 이래로 우리는 지상적 시인이 보여주는 정신적·도덕적 기능을 그토록 온전하고 철저하게 인지한 적이 없었다. 그리고 괴테와 마찬가지로 톨스토이도 이 초인류적인 것처럼 보이는 인류애 속에서 아주 평범하고도 건강한 인간, 장르의 완전한 전형, '영원한 자아'와 '보편적 우리'를 서술하고 있기 때문에, 우리는 ―또다시 말하지만 괴테처럼― 그의 자서전을 완성되어가는 삶의 완벽한 형식으로 감지하게 된다.

위기와 변신

한 인간의 삶에서 가장 중요한 사건은
그가 그의 자아를 의식하는 순간이다. 하지만 이 사건의
추후 결과는 가장 자비로울 수도 또는
가장 끔찍할 수도 있으리라.
−1898년 11월

창조적인 것 속에서는 그 어떤 위험도 은총이 되고, 그 어떤 방해도 도움과 정화의 강렬한 계기가 된다. 왜냐하면 그런 것이 영혼의 알지 못하는 힘들을 유발하기 때문이다. 만족이나 평탄한 여로보다 예술적 실존에 위험한 것은 없을 것이다. 톨스토이의 세계행로에 있어서 단 한 번 그런 자기망각의 태만과 인간의 행복, 예술가의 위기가 도래한다. 자기 자신으로의 구도자적 순례 가운데 단 한 번, 그러니까 그의 83년의 생애 가운데 16년 동안, 그의 불만족스런

영혼이 휴식을 취한다. 결혼을 하고나서 두 권의 소설 《전쟁과 평화》와 《안나 카레니나》가 완결되기까지의 세월 동안 톨스토이는 자신과 자신의 작품에 몰두하면서 평화롭게 살아간다. 일기장 역시 1865년에서 1878년에 이르는 13년 동안에는 침묵을 지킨다. 작품에 빠져 행복한 인간 톨스토이는 더 이상 자신을 관찰하지 않고 오로지 세계만을 관찰하는 것이다. 그는 무엇 때문에 두 아이와 두 권의 가장 박력 있는 서사작품을 창조해 내는가를 자문하지 않는다. 당시에, 아니 오직 그때에만, 톨스토이는 다른 근심 없는 사람들과 마찬가지로 시민적으로 확고한 가족 에고이즘 속에서 평화롭고 만족스럽게 살아간다. 만족스러운 이유는 그가 "무엇 때문에라는 문제제기로부터" 해방되어 있는 데 근거한다. "나는 더 이상 나의 상황에 대해 골몰하지도(모든 골몰의 시간은 지나갔다), 나의 감각에 침잠하지도 않을 것이다.──다만 내 가족관계를 감지할 뿐 그에 대해 성찰하지는 않을 것이다. 이 같은 상태가 내게 지극히 많은 정신의 자유를 보장한다." 자기몰두가 이제는 내적으로 유동하는 형상들의 물결을 막지 않는다. 도덕적 자아를 지켜주던 감시탑은 힘없이 물러나고, 이 때문에 예술가의 자유로운 운동과 감각적으로 충만한 유희가 가능해진다. 그 기간 동안에 그는 유명해지고, 레프 톨스토이라는 이름으로 자기 능력의 몇 배를 발휘한다.

그는 아이들을 교육시키고 집을 넓혀나가는 한편, 행복을 만끽하고 명성을 누리면서 부유함에 살찔 대로 살찐다. 여기서 도덕의 천재는 계속해서 파고들 자리를 찾지 못한다. 형상화에 관한 한 그는 늘 자기 형상화가 완벽하게 이루어진 근원적 작품으로 돌아가려 하는데, 이때 전혀 궁핍에 빠지는 일이 없기에 그 자신이 오히려 그것에 접근해 간다. 다시 말해 외부로부터 어떤 운명도 부여받지 못하는 까닭에 그는 자신의 내부로부터 그의 비극을 창조하려 한다. 그럴 수 있는 것은 삶이란 —처음으로 그토록 강력한 것은!— 언제나 공중에 떠 있을 때 멈추려고 하기 때문이다. 운명의 격류가 세계의 변경에서 잠시 호흡을 멈추고 있을 때, 정신은 내부로부터 현존의 순환이 끊기지 않도록 새로운 샘물을 파내는 것이다. 50세 가까운 나이에 톨스토이가 경험하는 것, 도저히 납득되지 않을 정도로 그의 동시대인을 깜짝 놀래키는 것, 요컨대 돌연 예술을 중단하고 종교에 몰두한다는 사실, 이런 현상을 상식 밖의 일로 보아서는 안될 것이다.—이 지극히 건강한 인간의 발전과정 속에서 기괴한 행태를 추적하는 것은 헛된 짓이다. 다만 이런 점, 톨스토이에게는 언제나 남다를 정도로 격한 감정이 엿보일 따름이다. 인생 50줄의 톨스토이가 시도하는 대전환은 정형성이 결여된 덕분에 대부분의 남성들에게는 표면화되지 않는 하나의 과정만을 실제로 보여주고 있기 때문이다. 이는 곧 다가오는 나이, 예술가의 갱년기에 대한 육체적·정신적 유기체의 필연적 적응을 의미한다.

톨스토이 본인은 영혼의 위기를 처음 맞이하면서 "삶은 멈춰섰고, 그것이 무서워졌다"고 설명한다. 50

세의 남자는 원형질의 생산적 형성력이 중단되기 시작하고, 영혼 또한 차츰 둔감해지려 하는 위태로운 고비에 도달하는 것이다. 더 이상 감각은 구체적으로 움직이질 못하고, 감지된 인상들의 색감도 자신의 머리색처럼 퇴색된다. 우리가 괴테로부터 익히 알고 있던 저 제2의 시기, 따뜻한 감각의 유희가 개념의 압축으로 승화되고, 대상은 현상으로, 비유는 상징으로 변화하는 시기가 바야흐로 시작된다. 늘 정신의 심원한 변전이 그렇듯이 여기서도 우선 육체의 가벼운 역겨움이 그러한 재생을 이끌어낸다. 정신의 차가운 불안, 지독한 쇠락衰落의 공포가 동요하는 영혼을 일 년 내내 마모시키고, 육체의 예민한 진동계가 즉시 닥쳐올 충격을 예고한다(괴테의 신비한 병들은 늘 변화를 자아낸다). 그러나 ─여기서 우리는 거의 꿰뚫어볼 수 없는 영역에 접근해 있는데─ 영혼이 어둠에서 몰려오는 이런 급습의 기미를 미처 알아차리지 못할지라도, 유기체에서는 이미 자동적으로 방어 태세가 갖추어지기 시작했던 것이다. 영적·육체적인 것 내부에서의 변형은 의식이나 인간 의지와는 상관없이 자연의 불가해한 원초적 염려念慮로부터 일어난다. 짐승들에게서처럼, 혹한이 닥치기 오래전에 따뜻한 겨울털이 육체를 뒤덮고, 그리하여 연령적으로 첫 과도기에 들어선 인간영혼에서도 절정기가 지나자마자 새로운 정신적 보호의保護衣, 두툼하고 방어적인 표피가 돋아나는 것이다.

감각적인 것에서 정신적인 것으로의 이 같은 심층적 전위는 아마도 신경성 종양의 세포조직에서 시작하여 창조적 생산물의 마지막 비약이 일어나기까지 전율하면서 이행되는 것이 아닐까 생각된다. 이 갱년기야말로 바로 사춘기처럼 피를 말리고 위기스럽게 영혼의 충격으로서 형성된다. 그런데 갱년기에 들어선 톨스토이는 —보시라, 당신들 정신분석자와 심리학자들이여!— 육체적 근본자취에 세심한 관심을 기울인다기보다는 어떻게든 정신적인 것을 깊이 있게 관찰한다. 물론 성性의 퇴화현상이 거의 분명한 형식으로 보다 심각하고 임상적으로 나타나는 여성들의 특수한 경우에는 개별적 관찰의 결과가 종합될 수 있을 것이다. 이에 반해 남성의 갑작스런 변화의 정신적인 면과 심리학적 투시의 영적 결과는 아직까지 제대로 규명되지 못했다. 그도 그럴 것이 남성의 갱년기란 거의 대부분 거대한 전환, 종교적·문학적·이성적 승화가 이루어지는 은총의 시기이기 때문이다. 그 모든 것은 한층 미약해진 존재를 구제하려는 '보호의保護衣'이자 감소된 감각의 정신적 보상물, 퇴영된 자기감정이나 여위어 가는 삶의 잠재력을 보완하려는 강화된 세계관인 것이다. 위기에 처한 사람들은 삶의 위험을 무릅쓰고, 격렬한 사람들은 격렬하게, 창조적인 사람들은 창조적으로 제각기 나름대로 사춘기의 결함을 완전히 보완한다.

남성의 갱년기는 이런 식으로 다른 색깔로 번쩍이는 창조적 영혼의 시기, 천국과 나락 사이에 있는 정신적 인간 요한의 충동을 유발시킨다. 중요한 예술가들 개개인을 보더라도 우리는 이 불가항력적인 위기의 순간을 대면하게 되는데, 어떤 사람의 경우에도 톨스토이의 경우만큼 대지를 파헤치고 화산을 폭발시킬 정도로 거의 전멸적인 충동력을 보이지는 않는다. 사실적 영역에서 관찰하거나 편리하게 객관성이라는 측면에서 고찰할 때, 참으로 50세의 톨스토이에게는 연령에 걸맞은 것, 자신이 나이들었다고 느끼는 바로 그것만이 사건으로 발생했다. 그것이 전부요 그의 체험의 모든 것이다. 그저 이빨 몇 개가 빠져나가고, 기억력이 흐릿해지고, 가끔 사고의 어두운 구름이 끼어 있을 뿐으로, 이는 50세의 남자라면 매일같이 겪는 일상사이다. 그러나 톨스토이라는 충만한 인간, 오직 유동하면서 분출하는 가운데 충족되는 이 자연인은 최초로 흘러나오는 황혼녘의 입김을 들이켜자마자 자신을 이미 시들고 죽음으로 무르익었다고 느낀다.

"삶을 만끽하지 못하면 더 이상 살 수 없다"고 섣불리 생각한다. 신경쇠약으로 인한 우울, 정신착란적 발작이 건강하기 이를 데 없는 남성을 느닷없이 장악한다. 그는 창작도 사고도 하지 못한다. 그는 이렇게 적고 있다. "나의 정신은 잠들어 깨어나지 못한다. 나는 몸이 불편하고, 힘이 나질 않는다." 그는 쇠사슬을 질질 끌고 가듯 "지루하고 권태로운 안나 카레니나"를 힘겹게 끝마친다. 그의 머리는 갑자기 회색으로 물들고, 이마에는 깊은 주름이 잡히며, 소화장애가 일어나는가 하면 관절이 쇠약해진다. 그는 뭐라고 알 수 없는 소리를 중얼거리다가 말을 내뱉는다. "나는 더 이상 즐거운 일이 없고, 삶에서 기대할 것도 없다. 나는 곧 죽게 되리니 전력을 다해 살도록 해야겠다." 그러고 나서 일기장에는 두 마디의 결정적 표현, 즉 "죽음의 공포"라는 말에 이어서 며칠 뒤에는 "홀로 죽어야 하노니"라는 말이 기록된다. 죽음은 그러나 —그의 생명력의 표현을 빌려서 옮겨보자면— 이 인생여정에 있어서 온갖 무서운 상상들 가운데에서도 가장 무서운 것임을 의미한다. 그래서 그는 공포의 더미와 싸운 며칠 밤만으로도 기력을 잃고는 그 즉시로 전신을 벌벌 떠는 것이다.

물론 자기진단의 천재는 콧구멍으로 짙은 저주의

냄새를 맡으면서도 완전히 착란에 빠지는 것은 아니지만, 실제로 톨스토이라는 인간 본연의 어떤 것은 이런 위기에서 종국적으로 소멸된다. 이제까지 톨스토이는 세계의 형이상학적 의미를 물은 적이 없었고, 단지 예술가가 그의 대상을 파악하듯 세계를 관찰했을 뿐이었다. 그가 세계의 모습을 소묘했을 때 세계는 다소곳이 그의 관찰대상이 되었고, 그리하여 그는 그것을 창조의 손으로 어루만지고 파악할 수 있었다. 그런데 갑자기 이 소박한 즐거움, 이 순수 형상적 관조가 그에게서 불가능해진 것이다. 사물들은 그에게 더 이상 온순히 굴복하지 않는다. 사물들은 그의 면전에서 무엇인가를 은폐하는 하나의 흑막黑幕, 모종의 물음으로 변한다. 최초로 이 통찰력 있는 인간은 존재를 비밀로서 느끼고, 그로부터 단순히 외적 감각만으로는 파악할 수 없는 어떤 의미를 예감한다. 최초로 톨스토이는 이 배후에 존재하는 것을 파악하는 데 새로운 도구, 보다 지혜롭고 의식적인 안목, 사유의 눈이 필요하다는 사실을 깨닫는다.

　몇 가지 실례實例를 보더라도 이 내적 변전이 더욱 현저해짐을 알 수 있다. 전쟁에서 수없이 인간이 죽는 것을 보아왔건만, 그는 정의와 불의에 관해서는 묻지도 않고 다만 화가나 시인으로서, 유희하는 눈동자만으로, 형식감각적으로 망막만을 가지고 그들의 출혈을 묘사해 왔다. 지금 그는 프랑스에서 범죄자의 머리가 단두대에서 잘려나가는 것을 보고, 그 즉시 그의 내부에 있는 도덕적 힘이 전 인류에 대해 분노를 토한다. 톨스토이는 지주요 영주, 백작으로서 마을 농부들 곁을 수천 번 스쳐 지났었다. 그의 말이 농부들 앞을 달리면서 거만하게 말 갈퀴를 세웠을 뿐만 아니라, 그 역시 냉담하게 그들의 겸손하고 비굴한 인사를 당연한 것으로 받아들였다. 이제 그는 최초로 그들의 순박함과 빈곤함, 두려움에 질려 어쩔 줄 모르는 현존을 깨닫는다. 그는 처음으로 자신이 그들의 궁핍과 노고를 직면하면서 근심 없이 남아 있는 것이 과연 올바른가를 가슴에 손을 얹고 물어본다. 그의 눈썰미가 수도 없이 추위에 떠는 거지 떼를 따라 모스크바 거리를 미끄러져 지났었건만, 그는 그들에게 머리 한번 돌리거나 관심조차 가져보지 않았다. 빈곤, 비참, 압박, 군대, 감옥, 시베리아 벌판 등은 그에게 겨울에는 눈이 있고 물통에는 물이 있는 것처럼 아주 자연스런 사실이었을 뿐이었다. 이제 돌연 민중을 돌아다본 각성자 톨스토이는 프롤레타리아의 비참한 상황이 그의 풍요에 대한 탄핵과도 같다는 사실을 인식한다.

더 이상 인간적인 것이 "배우고 관찰되는" 순수 자료가 아니라는 것을 느끼게 된 이후로, 현존재의 조용한 예술가적 질서는 그의 영혼으로부터 전도된다. 그는 더 이상 냉철하게 삶을 관찰할 수 있는 것이 아니라 삶의 의미와 모순을 부단히 캐물어야만 한다. 그는 인간적인 것 일체를 자기로부터, 자아중심적 또는 내향적으로 느끼는 것이 아니라 사회적·동질적·외향적으로 느낀다. 그 모든 것과 함께하는 공동체 의식은 "질병"처럼 그를 사로잡는다. "사유하지 말아야 한다는 것, 그것이 너무 고통스럽다"고 그는 신음하듯 읊조린다. 그러나 일단 양심의 눈이 활짝 열린 이래로, 그에게는 그때부터 인류의 고통, 근원적 세계고가 항상 가장 본질적인 업보로 따라다닌다. 저 무無 앞에서의 신비로운 공포로부터 이제는 우주만상에 대한 새로운 경악이 솟아오른다. 자기 자신을 완전히 포기하고 나서야 비로소 또 한번 도덕적인 척도로 세계를 건설해야 한다는 예술가의 임무가 생겨난다. 그가 죽음이라고 생각한 곳에는 재생의 기적이 현전해 있는 것이다. 예술가로서뿐만 아니라 가장 인간적인 인간으로 전 인류가 존경해 마지않는 톨스토이는 이렇게 소생한다.

하지만 당시에 무섭게 발작하는 붕괴의 순간과 접해서, 그리고 새로운 "각성"을 맞이하던 저 모종의 순간(톨스토이는 뒤에 이를 불안한 상황이라고 칭하고 있음)에는, 변신에 당황하던 본인조차도 아직은 새로운 추이를 예감하지 못한다. 이 양심의 새로운 눈이 그의 내부에서 활짝 개안하기 전만 하더라도, 그는 완전히 맹인이요 그의 주변에는 혼돈과 길 없는 어둠만이 싸여 있다고 느낀다. "삶이 그토록 두렵다면 도대체 무엇 때문에 살리요"라고 그는 전도사의 영원한 물음을 묻는다. 인간이 죽음을 위해 밭을 간다면, 무엇 때문에 노력하리요? 그는 절망한 사람처럼 어둠에 휩싸인 세계지붕 속에서 담벼락을 허물어뜨리는데, 이는 어딘가에서 하나의 출구, 자기구원, 한 점의 광채, 희망의 별빛을 찾고자 함이다. 그리고 밖에 있는 아무도 그에게 구원과 깨달음을 가져다주지 않는다는 것을 알았을 때에야, 그는 계획적이고 체계적으로, 한 단계 한 단계 스스로 갱도를 파들어가는 것이다. 1879년에 그는 다음과 같이 "알 수 없는 물음들"을 종이 한 장에 기록한다.

a. 무엇 때문에 사는가?
b. 나의 실존과 다른 사람 모두의 실존 근거는 어떤 것인가?
c. 나의 현존과 다른 사람 모두의 현존은 어떤 목적을 갖고 있는가?

d. 내가 나의 내부에서 느끼는 선악의 저 분열은 무엇을 의미하고, 또 그것은 무슨 이유로 그렇게 존립하는가?

e. 나는 어떻게 살아야만 하는 것일까?

f. 죽음은 무엇인가―나는 어떻게 하면 구원받을 수 있을까?

"나는 어떻게 하면 구원받을 수 있을까? 나는 어떻게 살아야만 하는 것일까?" 이것이 위기의 발톱이 그의 심장을 후벼파냈을 때 소리지른 톨스토이의 무서운 외침이다. 그리고 이 외침은 30년 동안이나 경악스럽게 울려퍼지고, 급기야 그의 입술은 말문을 열지 않는다. 감각에서 나오는 선한 사자使者, 이를 그는 더 이상 믿지 않는다. 예술은 그에게 위안을 주지 않는 것이다. 청춘의 뜨거운 도취는 차갑게 냉각되고, 혹한만이 사방에서 몰아쳐온다. "나는 어떻게 하면 구원받을 수 있을까?" 이 외침은 갈수록 간절해지는데, 왜냐하면 도대체가 이런 무감각한 행위는 어떤 의미도 찾을 수 없을 것이기 때문이다. 이성만으로도 살아 있음을 깨닫기에는 충분하지만, 죽음을 깨닫기에는 불충분하며, 그래서 이성으로는 파악할 수 없는 것을 포착하기 위한 다른 영혼의 힘이 필요한 것이다. 그리하여 그가 자기 자신, 신앙심 없는 감각적 인간의 내부에서 영혼의 힘을 찾지 못하자, 그는 돌연 그의 삶의 도정 한가운데서 신神 앞에 겸허하게 무릎을 꿇는다. 그는 50년간이나 그를 한없이 기쁘게 했던 세계지식을 경멸조로 내던지고는 신에 대한 믿음을 달라고 간구한다. "주여, 제게 믿음을 주시고, 다른 이들이 믿음을 찾도록 저를 도우소서."

예술가적 기독교도

주님, 주님의 품안에서만 사는 것이 얼마나 어려운지요—
어두운 갱도에 파묻혀서는 결코 빠져나오지 못하리라는 것을
알고 있었던 사람들처럼 사는 것이 그 얼마나 어려운지요. 물
론 그들이 거기서 어떻게 살았는지는 아무도 경험하지 못할
것입니다. 그러나 그런 삶이야말로 진정 삶이기에, 우리는
그렇게, 그렇게 살아야만 합니다. 주여, 도와주소서!
―일기, 1900년 11월

"주여, 내게 믿음을 주소서!" 이렇게 톨스토이는
이제까지 부정했던 신에게 절규한다. 그러나 그의
신은 너무 저돌적으로 간구하는 저 외침을 들어주지
않는 것처럼 보인다. 그도 그럴 것이 톨스토이는 격
렬한 조바심, 그의 커다란 악습들을 신앙에까지 가
지고 들어가기 때문이다. 믿음을 얻는 것으로는 충
분치 않다. 아니, 의혹의 덤불숲을 말끔히 정돈하기

위해서는 도끼처럼 그것을 하룻밤 사이에 말끔히 해치워 당장에 믿음을 얻어야만 한다. 귀족적인 신사는 그의 하인들로부터 재빨리 시중받는 데 익숙해 있을 뿐만 아니라, 세속의 과학을 눈 깜짝할 사이에 그에게 매개하는 투명한 시각과 청각에도 너무 물들어 있는 것이다. 자제할 줄 모르고, 기분에 좌우되고, 방자한 남자 톨스토이는 참을성 있게 기다리려 하지 않는다. 그는 승려처럼 끈질기게 기다리면서 점차 투명해지는 천상의 빛무리에 가만히 침잠하질 않는다. ─아니, 당장에 어두운 영혼에 다시 빛무리가 깃들어야 한다. 단 한 번의 도약으로, 그리고 단숨에, 그의 맹렬하고도 모든 장애를 뛰어넘는 치열한 정신은 "삶의 의미"를 향해 달려가고자 한다. 그는 "전능하신 하나님" 또는 "우리를 생각하소서"와 같은 말을 경솔하리만큼 빼먹는다. 믿음을 얻고, 기독교인으로서 겸허해지고, 또 신 속에 머무는 법을 알고자 그는 소망하지만, 그의 방식은 너무나 성급하고 열렬하다. 그는 이제 허연 머리카락을 날리면서도 그리스어와 히브리어를 배울 정도인데, 가장 단시일인 6개월 안에 교육자 겸 신학자, 또는 사회학자의 면모를 갖추려 한다.

그러나 아무리 자기 내부에 신앙이 깃들어 있다 한들, 어디서 갑자기 그런 식으로 신앙을 찾는단 말인가? 설령 50년 동안이나 냉철한 관찰자의 눈을 가지고, 의식적으로 러시아 토속의 허무주의를 대표하면서 세계를 평가하고, 또 거기서 오로지 자신을 중요하고도 본질적인 인물로 느꼈다 해도, 어떻게 하룻밤 사이에 자비심 있고 선량하며, 게다가 겸손하고 부드러운 수도사처럼 될 수 있으랴? 어떻게 자신의 완고한 의지를 꺾어서 관용적인 인간애로 굴절시킬 것이며, 또 어디서 자기망아적인 믿음을 배우고 체득하여 더 높고 초월적인 힘으로 상승시킬 것인가? 물론 톨스토이는 신앙을 이미 갖고 있거나 최소한 신앙을 소유하고 있는 것처럼 보이는 사람들에게서, 요컨대 교회라는 독실한 성모마리아에게서 배워 익힌다고 말한다. 그 즉시(성급한 남자는 여유를 둘 줄 모르기에) 레프 톨스토이는 성화聖畵 앞에 무릎꿇고, 단식하며 이어서 수도원을 순례하면서 주교와 대주교들과 논쟁을 벌여 복음을 손상시킨다. 3년간 그는 엄격한 신자가 되려고 노력한다. 그러나 교회의 분위기가 그의 이미 얼어붙은 영혼에다 공허한 찬사와 냉대를 퍼붓자, 그는 곧 실망하여 자신과 정통교리 사이에 문을 걸어 잠근다. 아니, 교회는 정통신앙을 갖고 있지 않다고 인식하거나, 아니면 그보다는 교회가 삶의 물결을 누수시키고 낭비하고 오용한다고 인식한다.

그리하여 그는 계속해서 '삶의 의미'를 추구해 들어가는데, 아마도 이 삶의 의미에 대해서는 철학자나 사상가들이 더 잘 알고 있을 법한 일이리라. 톨스토이는 즉각 맹렬하고도 열광적으로 모든 시대의 모든 철학자들의 글들을 마구잡이로 읽어치우기 시작한다(너무 성급하게 그것들을 소화하고 파악하려 한다). 우선 암울한 영혼의 동침자 쇼펜하우어, 그런다음 소크라테스와 플라톤, 마호메트, 공자와 노자,

신비주의자나 스토아학파의 책, 회의주의자, 니체의 책들을 읽기 시작하는 것이다. 그러나 그는 그 책들도 금방 뚜껑을 닫아버린다. 이 역시 그가 지닌 날카롭기 그지없고 고통스럽게 관조하는 오성과 전혀 다를 바 없는 세계관적 매개물이고, 이 역시 신에게는 참을성 없고, 또한 신 속에 조용히 쉬고 있는 것이 아닌 까닭이다. 이 책들은 정신에 대한 체계를 창조하기는 하지만, 조용히 쉬는 영혼의 평화를 창조하지 못한다. 지식은 주지만 위안은 주지 못하는 것이다.

과학으로는 해결되지 않았던 어느 난치병 환자가 그의 질병을 가지고 무녀들과 돌팔이 치료사들에게 찾아가듯이, 러시아의 가장 정신적인 인간 톨스토이는 50세의 나이로 농부들, 민중에게 돌아가 무식한 그들로부터 마침내 올바른 신앙을 배운다. 그렇다, 그들은 글자 때문에 혼란 받을 필요 없는 무식자들이고, 불평 없이 힘들게 노동하는 빈자와 고통받는 사람들, 설령 죽음이 그들 몸 속에서 자라나도 짐승처럼 방구석에 누워 있는 가련한 인간들로서, 그들은 생각하지 않기 때문에 의심하지 않는 "성스러운 단순"을 지니고 있다. 바로 그렇기 때문에 그들은 무엇인가 비밀스러움을 소유하고 있는바, 그렇지 않다면 그런 식으로 굴복하거나 격분 없이 복종하지도 않으리라. 그들은 지혜와 날카로운 정신이 알지 못하는 어떤 것을 그들의 소박함 속에서 알고 있음에 틀림없다. 그 덕분에 그들은 지성 속에 머물러 있는 우리들에 앞서 영혼과 함께하는 것이다. "우리가 사는 방식은 그릇되고, 그들이 사는 방식은 올바르다."—그래서 신은 그들의 인내하는 현존으로부터 솟아나오는 데 반해, 정신이나 "무위도식적이고 탐욕스런 열망"의 지식욕은 빛을 발산하는 감정의 참된 근원에서 멀어진다. 그들이 어떤 위안, 내적으로 마법적인 치료제를 갖고 있지 않다면, 그들은 그렇게 비참한 실존을 흔쾌히 참아낼 수는 없으리라. 어떤 신앙을 그들은 감추고 있음에 틀림없는 것이다. 그런데 이 비법을 그들에게서 배워 익히려는 절제심 없는 남자는 성급한 마음으로 어쩔 줄 모른다. 저 "신의 백성"인 그들로부터만 "올바른" 삶, 각고의 인내와 체념으로부터 생겨나는 굳건한 현존과 두려움 모르는 죽음에의 각성을 체득할 수 있노라, 톨스토이는 열변을 토한다.

그리하여 톨스토이는 농부들과 그들의 삶으로 근접해 들어가 그들로부터 신의 비밀을 알아내려 하는 것이다! 당장에 그는 귀족 옷을 벗어젖히고 농군옷으로 갈아입고, 또 호사스런 음식과 수많은 책들이 쌓인 책상에서 떠난다. 이제부터는 소박한 채소와 가축에서 나오는 담백한 우유만이 육체를 키우는 자양분이 되는 것이며, 겸손과 투박함만이 투철한 정신의 양식이 된다. 이렇게 야스나야 폴랴나의 대지주이자 수백만 민중 위에 우뚝 선 정신적 지주 레프 니콜라예비치 톨스토이는 50세의 노령에도 불구하고 밭 가는 일에 동참하고, 널찍한 등으로 우물에서 물통을 나르고, 농부들 한가운데 끼어들어 쉬지 않고 열심히 추수한다. 《안나 카레니나》와 《전쟁과 평화》를 썼던 손으로 그는 이제 자신이 재단한 구두창에다 송곳을 꿰어넣는가 하면, 방을 말끔히 청소하고 자신의 옷도 손수 기워 입는 것이다. 너무도 가깝게, 너무도 성급하게, 한 치의 간격도 없이 그는 "형제들"에게 다가갈 뿐이다. —단번에 '하나님의 아들 그리스도'가 되려는 일념만으로 레프 톨스토이는 "민중"이기를 희망한다.

그는 마을에 사는, 반쯤은 농노農奴인 사람들을 찾아가고(그가 가깝게 대할 때마다 그들은 놀라 어쩔 줄 모른다), 때로는 그들을 집으로 초대한다. 이때 그들은 무거운 걸음으로 유리처럼 매끄러운 마루를 조심스럽게 건너와, 경애하는 "영주"가 그들이 두려워하는 좋지 못한 일, 다시 이자와 소작료를 올리려고 획책하는 것이 아니라는 것을 알고서 안도의 숨을 내쉰다. 오히려 이상한 것은 그들과 신神에 대해 —그들은 당황하여 머리를 흔드는데— 정말이지 항상 신에 대해 대화를 나누고자 한다는 사실이다. 그러면 야스나야 폴랴나의 순박한 농부들은 과거를 회상하면서, 백작님께서 학교를 다니셨을 때 있었던 일로, 당신께서는 그때도 아이들을 일 년 동안이나(번거로우셨음에도) 친히 가르치셨죠라고 말한다. 하지만 지금 그가 원하는 것은 무엇인가? 농부들은 의아해하면서 톨스토이 백작의 말을 경청할 뿐인데, 그도 그럴 것이 이 분장한 허무주의자는 정말이지 염탐꾼처럼 "민중"에게 접근하여 신을 향한 원정에 필수적인 전략을 알아내려 하기 때문이다.

그러나 예술과 예술가에게 있어서만은 이런 철저한 염탐 행위가 유용한 것으로 변한다. ―가장 아름다운 전설들이 나올 수 있었던 것은 시골 마을의 이야기꾼들 덕분으로, 그의 언어는 소박단순한 농부들 말투로 형상화되고 멋지게 다듬어진다. 물론 단순성의 비밀은 그저 농부들에게 배워 익힌 것이 아니다. 도스토옙스키도 광기가 발작하기 직전, 그러니까 《안나 카레니나》가 나왔을 때, 톨스토이의 분신인 레빈에 대하여 통찰력 있는 언급을 행한 바 있었다. "레빈과 같은 그런 인간들은, 그들이 설령 민중과 함께 살고 있을지라도, 그들이 원할 때는 결코 민중이 되지 않을 것이다. 아무리 그들이 변덕스러울지라도, 민중으로 떨어져 그들을 이해하려는 소망을 실행하기에는, 자기숙고와 의지력이 부족하다." 이로써 천재적 직관력의 소유자 도스토옙스키는 심리적 핵심을 들춰내어 톨스토이의 의지변화의 정곡을 찌른다. 그는 톨스토이의 적극적 행위가 천부적이고 뜨거운 애정에서 우러나오는 것이 아니라, 영혼의 곤궁에서 시작된 민중과의 유대임을 밝혀낸다. 그도 그럴 것이 톨스토이가 정령 의지의 결단으로서 투박한 농군같이 행동한다 하더라도, 그처럼 이지적인 인간이 넓고 세계포괄적인 현존의 해명 대신에 협소한 농부의 영혼에 동화될 리는 결코 없을 것이며, 그런 진리의 정신을 가진 인간이 아무렇게나 착종되어 있는 농사꾼 신앙에 완전히 빠져들 리 없기 때문이다.

베를렌처럼 돌연 골방에 처박혀서 "주여, 제게 소박함을 주십시오"라고 기도하는 것으로는 불충분한

데, 이미 그의 가슴속에는 굴종의 은빛 쌀알이 한창 무르익어가는 것이다. 인간이란 항상 이럴 때에야 누구나 인정하는 자로서 존재하고, 또 존재하게 되리라. 공감의 신비를 통한 민중과의 결속이나 경건한 신앙심을 통한 양심의 해방도 전기접촉처럼 단숨에 영혼에서 일어나는 것이 아니다. 농부 옷을 걸쳐 입고 농주農酒를 마신다거나 들에 나가 곡식을 가꾸는 일, 이 모든 동일화의 외부형식은 장난스럽고 간단하게, 그것도 이중의 의미에서 장난스럽게 이루어질 수 있는 반면에, 정신은 결코 쇠락하지 않는다. 한 인간의 냉철함은 가스등 심지를 줄이고 늘이듯 임의로 통제되는 것이 아니다. 그의 정신의 투시력과 냉철함이 바로 그의 의지를 조정하는 힘이고, 그렇기에 그것은 우리들 의지의 저편에 속한다. 그것은 깨어 있는 신성神聖을 지키려는 지상적 의무가 침해받는다고 느낄수록 한층 맹렬한 기세로 타오른다. 그가 영적인 유희를 통해서는 그의 타고난 인식능력보다 조금도 더 높은 앎에 도달하지 못하듯이, 그의 지성 역시 돌발적인 의지의 행위에 의해서는 조금도 소박함에 머물지 못한다.

이렇게 지적이고 심원한 정신의 톨스토이가 자신처럼 무서운 의지의 소유자에게서 정신의 복합성이 하룻밤 사이에 무디어질 수 없다는 것을 곧바로 인식하지 못했을 리 없는 것이다. 이에 대해 다른 어느 누구도 그(물론 후기의 톨스토이)처럼 경이로운 말을 하지는 않았으리라. "정신을 향해 과감하게 나아가는 것은 태양빛을 손으로 잡는 것과도 같다. 무엇으로 그것을 가두려 해도, 항상 그것은 위로 비집고 나온다." 그는 지속적으로 자신의 과격하고 독선적인 귀족적 지성으로 인하여 언제까지고 겸손한 태도로 눌려 있는 것이 거의 불가능하다는 점을 속일 수 없었다. 실제로도 농부들은 그를 한 번도 그들의 부류로 간주한 적이 없었다. 왜냐하면 그는 그들의 옷을 입고 그들의 습성을 겉으로만 나누었기 때문이다. 그러나 세상사람들 역시도 그의 행위를 일종의 변장으로만 이해했다. 그와 가장 친근한 사람들, 처자식이며 그의 진정한 친구였던 바부슈카Babuschka 형제들 (직업상의 친구가 아님)조차도 처음부터 "러시아 민중의 위대한 시인"이 자신의 천성에 역행되는 천박한 영역에 무턱대고 발을 들여놓는 것을 의심스럽고 언짢게 여겼다.—병상에서 죽기 직전의 투르게네프도 그가 예술로 돌아올 것을 간곡히 권유한다. 그의 영적 투쟁의 비극적 희생자였던 부인은 당시에 가장 적절한 말로 그를 타이른다. "전에는 아마도 신앙을 갖지 않아 불안한 것 같다고 당신은 말씀하셨어요. 그런데 신앙이 있다고 말씀하시는 당신은 지금 왜 행복하시지 않은가요?"

이는 참으로 단순하고도 반박의 여지없는 논증이다. 민중신民衆神으로의 개종 뒤에도 톨스토이는 그의 신앙 속에서 영혼의 평안을 발견했노라는 어떤 암시도 보여주질 않는다. 그런 것이 아니라 오히려 정반대의 측면을 보여준다. 그는 언제나 그의 교리를 설교할 때 구원받는다는 감정, 그러나 열변을 토할 정도로 증명의 불확실성에 빠져든다. 저 개종 시에 나타나는 톨스토이의 모든 언행은 불유쾌한 비명의 음조를 저변에 깔고 있으며, 가식적이고 자기강박적이며, 논쟁적이고 광적인 어떤 것까지도 내포하고 있다. 그의 기독교주의는 군악대처럼 위풍당당하고, 그의 겸손은 슬며시 공작의 깃털을 휘두른다. 예민한 청각의 소유자라면 짐짓 꾸며내는 자기비하의 과장된 태도로부터 과거에 보여준 톨스토이의 거만을 감지할 터인데, 다만 지금 달라진 것은 개종함으로써 얻게 된 새로운 굴종에의 자만심이다. 그의 책을 읽어보기만 하면 그가 개종을 "입증"하고자 자신의 과거 삶을 청산하고 모독하는 유명한 참회의 구절을 접할 수 있을 것이다. "저는 전쟁에서 사람들을 죽였고 결투에서도 이긴 적이 있었습니다. 저는 놀음판에서 농부들에게서 착취한 자산을 낭비했고, 그들을 잔인하게 다루었으며, 허영기 있는 여인네들을 농락한 적도 그리고 남자들을 속인 적도 있었습니다. 거짓말, 약탈질, 간통, 모든 종류의 도취와 광란, 수치스러운 행위들을 저질렀습니다. 제가 범하지 않

있던 죄는 하나도 없었습니다." 그러고는 예술가로서 저지른 그의 범죄 아닌 범죄를 어느 누구로부터 용서받지 못하도록 그는 공개 석상에서 떠듬떠듬 참회의 말을 이어간다. "이 기간 동안 저는 허영과 명예욕, 자만심으로부터 창작을 시작했습니다. 명성과 부를 얻기 위하여 저는 제 마음속의 선을 억누르고 제 자신을 더럽히지 않을 수 없었습니다."

이는 무섭도록 자신을 뉘우치는 참회의 말임에 틀림없으나, 도덕적 열광에 무척이나 들떠 있다. 그럼에도 불구하고 정녕 어느 누가 일찍이 저 레프 톨스토이처럼 전쟁에서 의무적으로 포병근무를 했다는 사실 때문에, 아니면 젊은 시절 한때 왕성한 정력가로서 바람 피우며 살았다 하여 자신을 그토록 무섭게 참회했더란 말인가? 그리고 어느 누가 이 같은 자기탄원으로 말미암아 자신을 "저속하고 죄지은 인간"으로 경멸했더란 말인가? 망아적인 굴욕에 사로잡혀 자신을 한 마리의 "이"로 묘사한 사람이 과연 있었던가? 그는 심지어 자신에게 혐의를 씌우고, 무슨 수를 써서든지 굴종의 거만함에서 나오는 양심의 짜릿한 흥분을 통하여 죄를 만들어내는데— 라스콜리니코프의 머슴이 살인극을 날조하듯이, 이런 고백광告白狂의 영혼이야말로 스스로가 그리스도임을 "증명하기 위하여" 없는 죄도 자신의 "십자가로서 짊어지려는" 태도가 아니겠는가? 이 자기증거욕, 발작적이고 열정적이며 시장판에서 절규하는 듯한 톨스토이의 자기비하는 바로 그의 동요하는 영혼 속에서 태만하고 평범하게 숨 쉬는 겸손함의 결여 내지 전무함을 나타내거나, 위험스럽게 뒤바뀐 전도의 표명은 아니겠는가?

어쨌든 그의 굴종은 겸손한 굴종이 아니다. 반대로 정열과 싸우는 그의 금욕적 투쟁보다 더 정열적인 것은 생각할 여지가 없다. 조금이라도 믿음의 어떤 불꽃이 영혼 속에서 피어오르면, 참을성 없는 인간은 당장에 그 불꽃으로 전 인류를 연소시키려고 덤벼든다. 이런 면은 이제까지 번성했던 자작나무를 도끼로 쓰러뜨리자마자 세례받는 게르만의 야만적 군주들과 흡사하다. 신앙이 신을 향한 조용한 침잠을 의미한다면, 이 성급하기 짝이 없는 인간은 결코 인내심 있게 신을 섬기는 신도는 아니었다. 불타는 정념을 가지고 만족할 줄 모르는 자가 기독교인일 수는 없었다. 물론 신앙심에의 무한한 열망을 종교라 칭하기만 한다면, 이 영원히 동요하면서 신을 찾는 추구자 또한 신도에 해당하리라.

그러나 바로 신의 추구에 반쯤만을 성공하고 그에 대한 확신 또한 모호한 상태에 도달함으로써, 톨스토이의 위기는 개인체험을 넘어서서 영원히 기억할 만한 범례, 상징성을 띠게 되는 것이다. 가장 강렬한 의지의 인간 어느 누구도 그처럼 타고난 본성의 원초 형식을 돌연히 변화시켜서, 역동적 행위를 통하여 자신의 근원적 본질마저 반대성향으로 전도시키지는 못하였다. 우리들 삶의 제각기 주어진 일률적 형식은 여러 번 개량되고 마모되고 첨예화되게 마련이며, 윤리적 본성이라는 것도 의식적이고 끈질긴 노력에 의하여 우리들의 내면에서 덕행과 도덕으로 상승될 수 있는 것이다. 그럼에도 불구하고 우리들 성격의 주도적 특징은 결코 사라짐이 없이 남아서 다른 건축학적 질서에 따라 육체와 정신을 구성하게 되는 법이다. 누구나 "담배 피우는 습관을 버리듯 이기주의를 버릴" 수도, 또는 사랑을 "획득하고" 믿음을 "쟁취"할 수도 있노라고 톨스토이가 말한다면, 엄청나고 거의 광적인 노력의 결과가 그에게서 자가당착에 빠져 버린다. 그도 그럴 것이 "약간이라도 그와 대립되면 두 눈을 부릅뜨는" 분노의 인간 톨스토이가 당시에 철저히 신앙고백을 함으로써 별안간에 선하고 유순하며, 자비로운 사회적 기독교도, "하나님의 종"이자 동포들의 "한 형제"가 되었다는 것을 증명할 길이 없기 때문이다.

따라서 '변전'과 더불어 그의 관점과 견해, 말투가 달라졌지만, 그의 내적인 본질마저 달라진 것은 아니었다. "너는 네가 추구해 온 법칙에 따라 살아야 하며, 자신으로부터 도피해서는 안 된다"고 말한 바 있는 괴테처럼, 쓰디쓴 우울과 번민이 일깨움을 전

후하여 그의 불안한 영혼을 사로잡는다. 요컨대 톨스토이는 만족을 위해 태어난 것이 아니었다. 바로 그의 성급함 때문에 신은 그에게 믿음을 선사하지 않았던 것으로, 그는 죽음에 이르는 30여 년 동안이나 믿음을 얻고자 부단히 싸워야 하는 것이다. 그의 종교적 깨달음은 하루에, 단 일 년 만에 완성되지 않는다. 마지막 숨을 거둘 때까지 톨스토이라는 인간에게는 만족스런 대답이 찾아오지 않도록 되어 있고, 어떤 신앙에서도 그는 만족을 누리지 못하도록 되어 있는 것이다. 톨스토이는 최후의 순간까지 삶을 대단히 무서운 비밀로서 느낄 뿐이다.

그리하여 톨스토이는 삶의 의미에 대한 물음에 답을 내리지 못하며, 신으로의 도약이나 그를 향한 탐욕스런 갈망은 실패한다. 하지만 예술가에게는 자기 분열로 인해 대가가 되지 못할 때에도 늘 구원이 준비되어 있다. 예술가는 그의 곤궁을 자신에게서 인류로 내던지고, 그의 영혼의 물음을 세계물음으로 바꾸어놓는다. 톨스토이 역시 그러했다. "나로부터 무엇이 창조되는가?"라는 이기주의적 공포의 외침은 "우리로부터 무엇이 창조되는가?"라는 보다 강렬한 외침으로 상승한다. 그가 자신의 고집스런 정신을 입증하지 못할 때, 그는 다른 자들을 납득시키고자 한다. 그 스스로가 변화될 수 없을 때, 그는 인류를 변화시키려고 하는 것이다. 어느 시대를 불문하고 모든 종교는 그렇게 생성되었다. 가장 통찰력 있는 철학자 니체가 알고 있는 바와 같이, 개선改善이라는 이름을 가진 모든 것은 오로지 영적으로 위협받는 인간의 "자기도피"로부터 형성되었을 따름이다. 인간은 자기 가슴으로부터 저주스런 물음을 제거해 버리기 위하여 그것을 모든 사람에게 던지는 것이며, 그렇게 함으로써 존재의 불안을 세계의 불안으로 변화시킨다.

톨스토이는 경건한 프란체스코 교파의 기독교인이 아니었다. 순박한 두 눈에 철저하고 뜨거운 회의의 가슴을 지녔던 이 사람은 결코 그렇질 못했다. 그러나 믿음 없음의 고통이 어떤 것인지 잘 알고 있음으로 해서 우리 근대사에는 있을 수 없는 공상적 시도, 즉 허무의 곤궁에서 세계를 구하고 자기 자신보다 더한 믿음을 세계에 전파하려는 어마어마한 시도를 감행하였다. "삶의 절망으로부터 빠져나올 수 있는 유일한 구원은 자아를 세계로 전위시키는 것이다." 그리하여 이렇게 고통 받고 진리욕에 불타는 톨스토이의 자아는 그를 사로잡았던 무서운 물음을 전 인류를 향해 경고와 교훈으로서 던지는 것이다.

교리와 모순

나는 전 생애를 바쳐 구체화해도 좋을 이념에 접근했다.
이 이념은 새로운 종교, 그리스도교의 근간이지만,
그러나 그것은 교리와 기적에서 자유롭다.
-젊은 시절의 일기, 1855년 3월 5일

톨스토이는 "악을 징벌하지 마소서"라는 복음을 그의 교훈, 인류에 대한 '전언傳言'의 초석으로 삼아서 그것을 창조적 해석으로 변형시킨다. "권력으로 악인을 징벌하지 마소서."

이 문장에는 톨스토이의 전체 윤리가 깊숙이 담겨 있다. 고통으로 점철된 양심의 웅변적·윤리적 격렬함을 소유한 위대한 투사는 이 투석기로 세기의 벽을 무겁게 두들겨서, 그의 영향은 오늘날까지도 반으로 갈라진 지반에 진동을 일으키고 있는 것이다. 그가 투사한 영적 영향의 포괄성을 측량하기란 불가능하다. 브레스트리토프스키를 향한 러시아인들의 자의적인 무력시위, 간디의 무저항, 전쟁의 한복판에서 들려오는 평화주의자 롤랑의 외침, 양심의 폭압에 대한 수많은 무명용사들의 영웅적 항거, 죽음의 죄과에 대한 투쟁 등 —이 모든 신세기의 고립적·독보적 행위는 레프 톨스토이라는 사도使徒의 열정적 충동에 기인한다. 권력이라는 것이 재산·무기·법으로서 또는 소위 종교조직으로서 결정되든, 아니면 어떤 미명을 빙자하여 보호받는 국가·종교·종족·소유권으로서 존립하든, 오늘날 그것이 항상 부정되는 이 시점에 있어서 톨스토이의 권위와 열정에서 나타나는 동포애의 증명력은 모든 "도덕적 혁명가"의 귀감이 되고 있다. 차가운 교리, 국가의 지배욕에 대한 요구, 진부하고 도식적으로 작용하는 사법권 대신에 독립적인 양심이 인류동포애의 감정에 대해서만 오로지 도덕적 재판으로서 최후의 결정권을 맡기는 곳에서는 어디서든, 인간적인 것 속에서 인간을 일깨우는 톨스토이의 전형적 '루터 행위'가 호소력을 지니는바, 누구나가 어떤 경우에도 "가슴으로"만 일어서라는 외침이 그것이다.

그러나 우리가 권력을 사용치 않고 징벌해야 하는 "악"을 톨스토이는 이제 어떻게 생각하는가? 그것은 단적으로 권력 자체와 다른 것이 아니리라. 권력은 민족경제 및 국가적 번영, 민족고취, 식민지 팽창 등의 갖가지 의상 뒤에 울퉁불퉁한 근육을 감추고 있고, 또 인간의 힘과 피의 충동을 철학과 조국의 이상으로 변조시키지만, 그의 권력 없는 악의 징벌 자체가 바로 절대 권력인 것이다. ―우리는 혼동해서는 안 된다. 가장 유혹적인 승화에도 불구하고 거기에는 인류화합 대신에 개별 집단의 거센 자기주장에만 일조하는 권력이 들어 있기 때문이다. 권력이란 언제나 소유와 획득, 더 많이 가지려는 욕망을 의미하고, 그래서 톨스토이가 말하는 불평등은 소유욕 때문에 시작된다. 귀족적인 젊은이가 브뤼셀에서 프루동Proudhon과 여러 시간을 보낸 것도 헛된 일은 아니었다. 마르크스에 앞서서 톨스토이는 당시에는 가장 급진적인 사회주의자로서 다음과 같이 요구했다. "재물은 모든 악과 모든 고통의 뿌리이다. 분규의 위험은 재물을 과다하게 가진 자들과 무산자들 사이에 도사리고 있다." 그도 그럴 것이 자기를 보존하기 위해서는 소유물을 보호하고 심지어 남을 공격해야 하기 때문이다.

재산권을 탈취하고 소유물을 늘리기 위해선 권력이 필수적이고, 또 그것을 방어하기 위해서도 권력은 필수적이다. 그렇기에 재산권은 국가를 창출하여 자신을 보호하고, 또 국가는 자기주장을 위하여 무력·군대·사법권, "재산을 보호하는 데 봉사할 뿐인 완전한 억압체계"를 조직하는 것이다. 국가의 구성원을 이루면서 국가를 인정하는 자는 그의 영혼으로부터 이 힘의 원칙에 종속된다. 톨스토이 자신의 관점을 따를 것 같으면, 현대국가에 있어서의 정신적 인간들은 이를 알지도 못한 채 오로지 몇 가지 소유권 보존에만 헌신하며, "진정한 의미로 국가를 지양했던" 그리스도 교회조차도 "거짓 교리를 가지고" 그 본연의 의무를 도외시한다. 그런가 하면 자유롭게 태어난 예술가들, 타고난 양심의 변호사이자 인권의 옹호자들 역시 그들의 상아탑을 조각내고 "양심을 저버린다." 사회주의는 치유할 수 없는 부분을 치유하려는 의사이고자 한다. 올바른 인식으로 사악한 세계질서를 근본적으로 파괴하려는 사회주의 혁명가들은 그들 적대자의 살인적 수단을 스스로 잘못 이용하며, '악'의 원칙을 내버려둔 채 불법을 영원화한다. 아니 그들은 권력을 '신성시'하는 것이다.

그러므로 이 무정부주의적 요구의 의미에서 보면 국가의 기초와 현행 사회질서는 그릇되고 부패해 있다. 이 때문에 톨스토이는 모든 정권 형식의 민주적, 박애적, 평화주의적, 혁명적 개선들을 쓸모없고 불충분한 것으로 격렬히 반대한다. 평의회나 국회, 혁명이라는 것조차도 국가를 권력의 '죄악'으로부터 구원하지 못하기에 그렇다. 흔들리는 토대 위에 세워진 집이란 튼튼하게 지탱되지 못하며, 사람들은 그

집을 버리고 다른 집을 지을 수도 있으리라. 그러나 현대국가는 동포애가 아니라 힘의 사상에 기초해 있다. 종국적으로 국가는 톨스토이에게 붕괴된 것으로 판단된다. 사회주의적이고 자유주의적인 모든 껍데기 조직물은 단지 죽음의 투쟁만을 오랫동안 연장시킨다. 민중과 정부 사이의 국가 시민적 관계가 아니라 "인간 자체가 변화되어야 한다." 국가의 힘을 통한 강권력 대신에 모든 민족공동체의 동포애를 통한 내면적 영혼의 유대가 공고해져야 한다. 그러나 이 종교적이고 윤리적인 동포애가 강요된 시민의 현존형식을 대치하지 못하는 한, 톨스토이는 개인양심의 보이지 않는 비밀공간 속에서만 참된 도덕성이 가능한 것으로 설명한다. 국가란 권력과 동일하기 때문에, 윤리적 인간은 국가와 동일해서는 안 되는 것이다. 긴급한 것은 '종교적 혁명', 모든 권력조직에 대한 양심 있는 인간의 자기거부이다. 이 때문에 톨스토이 자신은 국가 형식의 외부에서 단호에게 처신하면서 자신은 양심과 관계없는 모든 의무로부터 자유로움을 선언한다.

그는 "어떤 민중이나 국가에의 독단적 소속, 또는 어떤 정권에의 예속"도 부정한다. 그는 자의로 러시아 정교회로부터 탈퇴하고, 법에의 호소라든가 현존하는 사회의 어떤 구성기구도 단념함으로써 "악마의 권력국가"와는 조금도 타협하지 않는다. 따라서 그의 동포애의 조용한 성서적 설교나 기독교적 겸손으로 채색된 어법, 교리주의 때문에 사회비판의 완전한 반국가행위를 자칫 간과해서는 안 된다. 그의 국가론은 가장 냉혹한 반국가론으로, 이는 루터 이래로 개인이 벌인 새로운 교권, 소유의 불가침성과의 가장 커다란 알력인 것이다. 트로츠키와 레닌조차도 "모든 것은 변화되어야 한다"는 톨스토이의 말에서 한 걸음도 이론적으로 더 나아가지 못한다. '인간의 친구'로 자처하던 장 자크 루소가 글을 써서 프랑스 혁명의 갱도를 뚫고, 그럼으로 해서 결국은 혁명이 왕권을 무너뜨렸던 것과 똑같이, 톨스토이야말로 그 어떤 러시아인도 하지 못한 차르 정권과 자본주의적

질서의 확고한 기반을 뒤흔들어놓았다. 우리에게는 그저 족장의 수염을 달고 독단의 어떤 기질을 보임으로 해서 오해되었고, 또 온유한 사도로만 보이던 저 급진적 혁명가가 차르 정권 붕괴를 무르익게 했던 것이다.

물론 루소가 급진공화파에 대해서 그랬듯이, 톨스토이도 볼세비즘의 방법론에 대해서는 격분하였음에 틀림없으리라. 도대체가 그는 당黨이라는 것을 증오했으니 말이다. 그의 글에는 예언자적인 구절이 씌어져 있다. "어느 당이 이기든, 당은 그들의 힘을 보존하기 위하여 현전하는 권력수단을 총동원할 뿐만 아니라 새로운 수단을 고안할 것이다." 하지만 솔직한 역사서술은 톨스토이가 그들의 가장 훌륭한 길잡이였다는 것을 언젠가는 입증할 것이다. 혁명가들의 어떤 폭탄도 그의 향토의 극복하기 어려운 것처럼 보이는 힘, 차르 제국의 황제, 교회와 소유에 대항하는 이 유일하고 위대한 인물의 항거처럼 러시아에서 전복적이고 권위를 깨뜨릴 만큼 영향을 끼친 일이 없었다. 모든 진단자 가운데에서도 가장 천재적인 인간이 우리들 문명구조의 세속적 오류, 다시 말해 우리의 국가조직이 휴머니티와 인간공동체가 아니라 야만성이나 인간지배에 근거함을 발견한 이래로, 그는 30년간이나 러시아적 세계질서에 대한 항상 새로운 저항 속에서 그의 무시무시한 윤리적 추진력을 발휘하였다. 세계질서를 원치 않는 윤리적 추진력이란 사회적 폭파력, 폭발적이고 파괴적인 근원적 힘으로서, 이런 힘 때문에 그는 자신도 모르게 러시아 전도자의 대표가 되는 것이다. 당연한 것이 그가 모든 러시아적 사고를 통일적으로 형성하기 위해서는 우선 급진적 면모를 보이면서 사고의 뿌리부터 파괴하지 않을 수 없는 것이다.—그의 예술가들은 누구나 이런 면을 드러낸다. 그들은 우선 전혀 빛도 없고 길도 없는 허무주의의 시커먼 갱도에 뛰어들고, 그러고 나서야 불타는 절망을 짜릿하게 맛보며 새로운 신앙을 간절히 소망한다.

러시아의 사색가이자 시인, 아니 러시아의 행동가

는 여기서 우리들 유럽인처럼 소심하게 개선을 추구하고 경건한 자세로 조심스럽게 일을 처리하는 것이 아니라, 벌목꾼처럼 벨 것은 베어 버리는 위험한 실험을 과감하게 단행함으로써 문제를 해결한다. 로스토프친Rostopchin 같은 사람은 승리의 이념을 위해서는 모스크바의 안방까지도 불태우는 데 망설이지 않는다. 톨스토이는 이런 면에서 사보나롤라Savonarola와도 비견될 수 있는 것이다. 그 역시 새롭고 보다 나은 이론을 정당화하기 위해서만은 예술이니 학문이니 하는 인간 문화유산 전체를 총동원하여 싸우기를 거의 망설이지 않는다. 아마도 톨스토이라는 종교적 몽상가는 그의 우상파괴의 실천적 결과를 결코 의식하지 않았을 것이고, 더욱이 그토록이나 광대한 세계건물의 돌연한 붕괴가 얼마나 많은 지상적 인간들을 희생시킬 것인지조차도 고려하지 않았으리라. 그는 오로지 그의 믿음을 영적으로 철저히 구현하고자 사회적 국가건물의 기둥을 뒤흔들어놓았다. 삼손과 같은 역사力士가 주먹을 펼치면 거대한 지붕도 흔들리며 주저앉는 법이다. 그렇기 때문에 톨스토이가 볼셰비키적 변혁을 용인했든 반대했든, 추후의 모든 논쟁들은 과잉소유에 대해 무섭게 단죄하는 그의 가철본 참회록만큼 러시아 혁명을 고무시키고 폭탄처럼 자극한 것도 없었다는 엄연한 사실에 대해 왈가왈부하는 것이다. 이떤 시대비판도 그에게는 비할 바 못 된다. 독일인으로서 늘 교양인들에게 비판의 총구를 겨누면서도 그의 시적·디오니소스적 교훈을 통하여 여하한 혁명도 차단한 니체 역시 영혼과 믿음의 전도에 있어서 톨스토이만큼 광범위한 민중영향을 행사하지 못했다. 그리하여 그의 소망과 의지와는 달리 톨스토이의 전령은 위대한 혁명가 내지 권력의 파괴자, 세계의 변혁가로서 눈에는 보이지 않는 판테온 신전에 남아 있다.

이는 톨스토이가 원했다거나 의도했던 것은 물론 아니었다. 그는 기독교적 종교혁명이나 그의 무정부주의를 행동적 무력혁명과 명백히 구분했다. 그는 《잘 익은 곡식》에서 다음과 같이 적고 있다. "우리가 혁명가들을 만나면, 우리는 그들과 서로 마음이 통하는 듯한 착각에 빠진다. 그들이나 우리들도 무정부, 무산상태, 무차별 따위를 부르짖는다. 그럼에도 불구하고 여기에는 커다란 차이가 있다. 근본적으로 기독교도에게는 국가가 존재하지 않는다. 그러나 저들은 국가를 전멸시키려 한다. 기독교도에게는 재산이 존재하지 않는 데 반해, 저들은 재산을 폐기하고자 한다. 기독교도에게는 모든 인간이 본원적으로 평등하다. 그러나 저들은 불평등 상태를 파괴하려 한다. 혁명가들은 외부에서 정권과 투쟁하지만, 기독교는 전혀 투쟁하지 않는다. 기독교는 내부에서 국가의 기초들을 파괴한다."

여기서 볼 수 있듯이 톨스토이는 힘으로 국가를 무너뜨리려는 것이 아니라, 무수한 개별자들의 수동성을 통하여 국가의 권위를 서서히 약화시키는 방법을 알고자 했다. 그는 조금씩 조금씩 개체가 국가권위에서 해방되어 궁극적으로 국가조직 자체가 힘을 잃고 해체되기를 바랐던 것이다. 그러나 종국적 효과는 혁명가들과 같았다. 톨스토이는 평생을 모든 권위의 파괴에 열정적으로 헌신했다. 이와 동시에 그가 새로운 질서, 국가를 대치하는 교회국가, 인본위적인 삶의 종교, 전통적이면서도 새로운 원초교회, 요컨대 톨스토이적 교회의 복음을 정초하려 했음도 부인할 수 없는 사실이다. 그러나 이런 구상의 정신적 성과를 평가할 때에는 날카로운 지상적 안목을 지녔던 천재적 문화비판가로서의 톨스토이와 괴벽하고 인간적 약점을 지닌 변덕스런 도덕론자 톨스토이의 모순을 칼로 자르듯 분명하게 구분해야 한다. 사색가 톨스토이는 1870년대처럼 교육자적 격정에 사로잡혀 야스나야 폴랴나의 젊은 농부들을 학교에 보낸다기보다는 무모할 정도로 서투른 철학을 내세워 유럽 전체가 "저" 진리라고 하는 "참된" 삶의 기본을 배워야 한다고 강요하는 것이다. 인간으로 태어난 톨스토이가 감각세계에 머물면서 그의 천재적 감관으로 인간적인 것의 구조를 분석하는 한, 그는 진정한 존경심을 얻지 못한다.

그런데도 그가 감각으로는 더 이상 파악하지 못하는 형이상학적 영역, 그 숭고한 촉수조차 목적 없이 허공을 헤매는 세계로 자유롭게 도약하려는 의지를 보이며, 사물을 보고 본질을 흡착할 때면 그 즉시로 사람들은 그의 정신적 유희의 무모함에 몹시 경악한다.

그렇다, 그럴 때면 그의 지상적 도덕주의와 형이상학의 경계도 정말 모호해진다. 이론가 내지 체계적 철학자, 음악적 작곡자로서의 톨스토이는 그의 정반대편 천재 니체만큼이나 서글픈 자기환멸에 빠진다. 니체의 음악성은 언어의 음향 속에서는 창조적인 데 반해 독립적 음역, 다시 말해 구성적으로는 옹색해진다. 반면에 톨스토이의 탁월한 오성은 그것이 감각적 비판영역을 넘어서서 이론화되고 추상화되려는 순간 정지된다. 독자는 이 같은 한계와 질곡이 그의 개별 작품 깊숙이 들어 있음을 감지할 수 있다. 예를 들면 그의 사회적 성향의 책자《우리는 어떻게 행동할 것인가》의 제1부는 이런 면을 확연히 드러낸다. 여기서는 읽는 사람의 호흡이 멈출 정도로 훌륭한 필체와 더불어 경험에 입각한 모스크바의 비참한 생활공간이 나타난다. 일찍이 저 비참한 방과 상실감에 빠져 있는 인간들의 서술만큼 지상적 대상에 대한 사회비판이 천재적으로 표현된 일은 아마도 없었을 것이다. 그러나 제2부에서 낙원을 꿈꾸는 톨스토이가 처방전을 내리면서 구체적 개선책을 제시하려고 시도하자마자, 그 즉시로 모든 개념은 모호해지고 윤곽 또한 괴이하게 변하며, 사고는 뒤죽박죽 엉켜 버린다. 이런 혼란은 톨스토이가 과감하게 일을 추진하면 할수록 점점 더 심화된다. 그런데도 그는 어려움을 무릅쓰고 앞으로 돌진하는 것이다!

그는 철학적 체계 없이, 그리고 무모할 정도로 방자하게, 영원히 해결할 수 없는 다각적 물음을 논증해 나간다. 그 모든 물음은 항성의 연쇄를 이루며 도달 불가능한 하늘에 걸려 있다가 아교처럼 무형질로 "해체"되는 것이다. 그도 그럴 것이 톨스토이라는 성급한 인간은 위기에 처해 있는 동안에 모피옷을 걸치듯 '신앙'을 걸쳐입고는 순식간에 그리스도의 비굴한 종이 되어 버리며, 바로 그런 식으로 세계의 교육서에다 "손바닥을 뒤집어 숲을 가꾼다"와 같은 말을 내뱉기 때문이다. 그런데 1878년에 그 자신이 "우리의 모든 지상적 삶이란 부조리하다"고 절망적으로 외치는가 하면, 그로부터 3년 뒤에는 어느새 세계의 수수께끼를 풀기 위해 보편적 신학론을 우리에게 완결해 보인다. 이렇게 성급한 구성으로 말미암아 모순은 자연 해결되지 못하며, 따라서 톨스토이는 귀를 틀어막고 자신의 교리를 설파한다. 그는 양립되지 않는 것은 건너뛰고, 완벽한 해결이 보이지 않을 때는 어물어물 지나친다. 부단히 "증명하는 것"을 의무로 삼다니 이는 불확실한 신앙이요, 논증이 부족한 사유에다 성서의 말씀을 종국적 증명으로 적시에 끼워넣으니 이 또한 비논리적이고 비과학적이 아닐 수 없는 것이다! 그렇다, 그것은 참으로 충분히 증명될 수 없는 것이다. 톨스토이의 교훈서는 비록 천재성이 부분적으로 여기저기 엿보임에도 불구하고 세계문학에서 가장 무미건조한 논설문에 속할 것이다. 빠른 진행 속에서 혼란스런 범례가 아무렇게나 제시되는가 하면, 진리를 탐구하는 톨스토이에게는 명예의 손상을 입힐 만큼 불손하고도 고집스럽고, 심지어는 형편없이 조야한 사고가 드러난다.

실제로 톨스토이는 가장 진실한 예술가이자 고귀하고 전형적인 윤리학자, 위대하고 성자에 가까운 인간임에 틀림없지만, 이론적 사상가로서는 어리석고 수치스런 도박을 하고 있다. 그는 자신의 철학적 보따리 속에다 영원히 건전한 세계를 몽땅 갈무리하기 위해서 무모한 마술사의 재주를 선보인다. 우선 그는 모든 문제들이 트럼프처럼 손쉽게 다루어지도록 단순화한다. 일단 인간을 쉬운 본보기로 들어서 선과 악, 죄, 관능, 동포애, 신앙 따위로 배열한다. 이어서 그 트럼프들을 섞어놓고 으뜸패로 사랑을 뽑아내면 도박에 이기는 것이다. 세계의 순간 속에서 수백만 인류가 추구해 온 영원히 해결 불가능한 전 세계적 유희가 야스나야 폴랴나의 서재에서 간단히 해결된다.

　노인은 눈을 치켜뜬다. 그의 두 눈은 어린애처럼 밝고, 주름진 입술은 행복한 미소를 지어 보인다. "이 모든 것이 어찌 그리 단순한가" 하면서 그는 연신 감탄의 눈빛을 발한다. 수천 년 동안이나 수많은 나라들의 무수한 관 속에 누워 있는 그 모든 철학자나 사상가들이 그들의 감각을 고통스럽게 쥐어뜯어도 진리의 본질이 이미 복음서에 명료하게 들어 있다는 간단한 사실을 미처 깨닫지 못했다는 것은 참으로 설명할 수 없는 일이다. 물론 레프 니콜라예비치 같은 자야말로 예외인데, 그는 저 기념비적인 1878년에 "18세기를 지낸 이래 최초로 올바르게 이해했으며", 마침내 '허세'의 사도를 정화했노라 선언한다(정말 글자 그대로 매우 경박한 말이 아닐 수 없다). 톨스토이에 의하면 그러나 이제 그 모든 노고와 고뇌 또한 사라진다.―인간은 삶이 얼마나 단순하기 이를 데 없는가를 인식해야 한다. 방해되는 것은 책상 밑으로 말끔히 집어던지고, 국가나 종교·예술·문화·소유물·결혼 따위를 금지하면 간단하다. 그럼으로써 '악'과 '죄'도 영원히 해결된다. 인간 각자가 자기 손으로 대지를 가꾸고 빵을 굽고 장화를 수선하면, 국가도 종교도 없을 터이고, 지상에는 순수한 신의 제국이 건립될 것이다. 그러면 "신은 사랑이요, 사랑은 삶의 목적"이 될 것이다. 책 따위는 모조리 집어치우고, 사유하거나 정신적으로 창조하지도 말아라. "사랑"이면 족하리라. "인간들이 원하기만 한다면", 내일 아침에라도 모든 것이 실현될 수 있을 것이다.

톨스토이가 지닌 세계신학의 적나라한 내용을 서술함에 있어서는 늘 과장이 앞서는 것처럼 보인다. 그러나 개종의 열렬한 신앙에 들떠 좌충우돌한 자가 바로 톨스토이였음을 어찌하랴! 그의 삶의 기본사상, 무권력無權力의 복음은 실로 멋들어지고 명쾌하여 종국적이다. 톨스토이는 우리들 모두에게 관용과 '정신의 겸손'을 요구하는 것이다. 그는 항상 고

조되는 사회계층의 불평등 사이에서 일어나는 분규까지도 피하도록 우리가 혁명을 '자의적으로 위로부터 시작하여' 올바른 시대의 원초 기독교적 관용을 통하여 권력을 배제하는 가운데 '아래로부터의 혁명을 미연에 방지할 것'을 설교한다. 그러기 위해서 부자는 부를, 지식인은 교만을 버리지 않으면 안 된다. 예술가들은 그들의 상아탑을 떠나서 이해심을 가지고 민중에 접근해야 한다. 우리는 우리의 정욕, 우리의 "동물적 본성"을 순화하고, 욕심을 갖기보다는 우리 내부에 들어 있는 천품의 신성한 능력을 개발해야만 한다. 세계의 모든 복음으로부터 원초적으로 간구한 숭고함이란 분명히 영원성의 요구인바, 왜냐하면 인류의 상승을 위해서는 그것이 영원히 새롭게 간구되기 때문이다. 물론 톨스토이의 한정 없는 조바심은 저 종교적 본성처럼 이를 개별자의 도덕적 최고업적으로서 요구하는 것으로는 만족하지 않는다. 꽤나 성급한 인간 톨스토이는 성을 내면서 당장에 온유함을 모두에게서 갈망한다. 그는 우리가 그의 종교적 명령에 즉시 모든 것을 바치고 헌신하고 희생함으로써 그의 감정과 일치되기를 요구한다.

그는(70세의 노인) 젊은이들로부터 그 자신도 결코 실행하지 않았던 절제를 요구하는가 하면, 정신적 인간들로부터는 냉철함, 그가 전 생애를 바쳤던 예술의 경멸과 지성을 요청한다. 그런데 우리 문화가 허무스런 어떤 것에 빠져 있음을 긴급히, 뇌성 같은 목소리로 입증하기 위하여 그는 두 주먹을 불끈 쥐고 우리의 정신세계를 뒤엎는다. 단지 우리의 완벽한 고행을 좀더 자극적으로 유발시키기 위하여 그는 우리의 현존하는 전체문화, 우리의 예술가라든가 시인, 우리의 기술과 과학에 침을 뱉는 것이다. 그의 행위는 무지막지할 정도로 과도하고 때로는 거짓으로 가득 차 있는데, 무엇보다 다른 자들 모두를 마음껏 공격하기 위하여 우선 자기 자신을 항상 모독하고 깎아내린다. 그리하여 그는 가장 고상한 윤리적 의도들까지도 광포한 독선을 통하여 무력화시킨다. 거기에는 지나치면서도 절도를 잃지 않고, 기만적이면서도 천박함이 보이지 않는다. 그렇지 않다면 어찌 주치의가 매일매일 진단하고 곁에서 시중하던 레프 톨스토이라는 사람이 실제로는 의술과 의사들을 "불필요한 존재"로 간주한다든가, 독서를 "죄악"으로, 순결함을 "지나친 사치"로 본다고 어느 누가 믿을 것인가? 정말로 그가 그의 작품들을 서가에 가득 채우고, 그것을 "무용한 기생충" 내지 "진딧물"로 여기면서 자기 삶을 냉소적으로 무도하게 보냈더란 말인가?

그는 다음과 같이 자신에 대해 서술한다. "나는 먹고 지껄이고, 남의 말을 듣고는 다시 먹고, 글을 쓰고 책을 읽는다. 요컨대 나는 말하고 다시 남의 말을 듣고, 그러고 나서는 또 먹고 유희하고, 다시 먹고 말하고, 그러고 나서는 또 먹고 잠자는 것이다." 정말로《전쟁과 평화》와《안나 카레니나》는 그런 식으로 이루어졌던가? 누군가 쇼팽의 피아노 소나타를 연주하자마자 눈물을 흘렸던 그에게 음악은 고루한 종파에서 그렇듯이 악마의 피리에 불과한가? 톨스토이는 과연 베토벤을 "감각의 선동자"로 보고, 셰익스피어의 극들을 "의심의 여지없는 바보짓"으로, 니체의 저작을 "터무니없고 광기 어린 잡담"으로 보는 것인가? 또는 푸시킨의 작품들을 그는 "민중에 대한 담배말이 종이로서 봉사하는 데 좋은" 것으로 간주한단 말인가? 어느 누구보다도 훌륭하게 성취시킨 예술이 그에게는 정녕 "무위도식자의 사치"일 따름이고, 또 그에게 재단사 그리샤와 구두수선공 표트르가 투르게네프나 도스토옙스키의 판단보다 더 높은 미학적 심판이란 말인가? 스스로가 "젊은 시절에는 지칠 줄 모르는 난봉꾼이었고", 그 뒤로는 부부관계를 맺으면서 13명의 아이나 낳았던 그가 이제 돌연 그의 요구에 따라서 모든 젊은이가 금욕자가 되어 성性을 단절해야 한다고 생각한단 말인가?

톨스토이라는 인간은 자기 '입증'을 정당화한다는 것을 우리가 눈치채지 못하도록 광인처럼 과도하게 행동하고 거짓된 논리를 무리하게 밀고나간다. 물론 그의 의식의 비판적 토대 속에서 떠올랐던 저 주체

할 수 없는 과도함 때문에 그런 어처구니없는 독선도 곧 끝나리라는 예감이 번번이 엿보인다. 그는 언젠가 "나는 나의 입증이 사람들에게 받아들여지거나 또는 진지하게 논의되리라는 희망을 거의 품지 않는다"고 적고 있는데, 이는 정말 백번 옳은 말이다. 왜냐하면 살아생전에 그의 주장은 사람들로부터 그리 이해심 있게 논의될 수 없었기 때문이다. 그의 부인은 한숨을 내쉬며 "레프 톨스토이를 도무지 알 수가 없어요"라고 말하는가 하면, 그의 가장 친한 친구도 "그는 자기애착 때문에 자신의 어떤 실수도 결코 인정하질 않는다"고 말한다. 실로 베토벤이나 셰익스피어를 톨스토이와는 대립되는 인간유형으로 본다면, 이는 잘못된 생각이다. 톨스토이를 사랑하는 자라도 그 노인이 자신의 논리적 약점을 너무나 솔직하게 노출할 때면 그에게서 번번이 등을 돌린다. 그를 진지하게 받아들이는 어떤 사람도 톨스토이의 신학적 논증들이 실제로는 삶의 철저한 정신화를 위한 이천 년 투쟁의 폭발을 수도꼭지처럼 틀어막아서 우리의 가장 신성한 가치들을 쓰레기 더미 위로 집어던졌음을 전혀 생각하지 못했던 것이다. 그도 그럴 것이 우리의 유럽에서는 니체라는 사상가가 태어난 이후로 메마른 대지에 정신의 기쁨만이 깃들이기 시작했을 뿐이었기 때문이다. 그러나 이 유럽이라는 것 자체는 도덕적 명령에 돌연 농부처럼 길들여져 유순해지거나 순종하지도, 그렇다고 몽고인처럼 천막으로 기어들어가 훌륭한 정신 유산을 "범죄적" 오류로서 선언할 생각이 도무지 없었던 것이다.

톨스토이라는 양심의 위대한 대리자, 전형적 윤리학자를 그의 절망적 시도와 혼동하지 않는 것만으로도 찬양받기에 충분하다. 신경쇠약의 위기를 세계관으로, 갱년기의 불안을 국민경제학으로 완전히 전환시키려던 것이 그의 시도였으니 말이다. 우리는 항상 이 예술가의 영웅적 삶에서 파생된 거창한 도덕적 충동과 이론으로 도피한 노老톨스토이의 분노를 토하는 문화적 망령 사이의 차이를 구분해야 할 것이다. 톨스토이의 진지함과 즉물적 태도는 우리 세대의 양심을 이루 말할 수 없이 심화시켰다. 반면에 그의 억눌린 교리들은 현존의 기쁨에 총구를 겨누는 유일한 암살행위, 즉 우리들 문화에서 등을 돌려 더 이상 재구성될 수 없는 원형적 그리스도교를 부활시키려는 승려의 금욕적 욕망을 표출한다. 여기에는 더 이상 기독교도가 아닌, 따라서 초기독교적 인간의 성찰이 담겨져 있는 것이다. 그렇다, 우리는 "금욕이 본질적 삶을 결정한다"거나, 우리가 철저히 지상의 세속적 욕정을 없애 버리고 오로지 의무와 성서의 말씀을 지켜야 한다고는 생각하지 않는다. 우리는 즐거움의 생산적 활동력에 대해서는 아무것도 알지 못하는 교시자敎示者를 불신한다.

그런 교시자는 우리의 자유로운 감각놀이, 예술이라는 가장 숭고하고 행복한 유희를 의식적으로 멸시하고 음울하게 만드는 방해자에 불과하다. 우리는 정신과 기술의 포획물, 서구 유산의 그 어느 것, 이를테면 우리의 서적들이나 그림·도시·과학 등을 포기하고 싶어하지 않는다. 어떤 철학론에 적용

되는 감각적이고 가시적인 현실은 물론이요, 우리를 황무지와 정신적 둔감으로 몰아대는 퇴보적이고 침체된 것을 위한 감각적 현실 또한 조금도 양보할 생각이 없다. 어떤 밀폐된 단순성과 대항하는 오늘날의 현존이 아무리 혼란으로 가득 차 있을지라도 우리는 그것을 천상의 행복과 바꾸지 않을 것이다. 우리는 원시적이기보다는 차라리 방자하게 '죄짓는' 것을, 둔감하고 성서에 성실하기보다는 차라리 열정적이기를 원한다. 이런 까닭에 유럽은 톨스토이의 사회이론 전체를 그저 문서함에 보관해 놓고는 그의 전형적 윤리 의지에 찬사를 보냈지만, 그것도 오늘날에 와서는 계속 도외시되고 있는 실정이다. 그럴 수밖에 없는 것이 설령 그것이 지극히 높은 종교적 형식을 갖추고 있을 뿐만 아니라 훌륭한 정신에 의해 씌어 있다 할지라도, 퇴보적이고 반동적인 것은 결코 창조적이 될 수 없기 때문이다. 개인의 영적 혼란으로부터 생겨나는 것은 세계정신의 문제를 결코 해결할 수 없는 법이다. 결국은 바로 그렇기 때문에 우리 시대의 가장 강렬한 비판적 개척자 톨스토이는 종자種子를 가지고 우리 유럽 미래의 씨앗을 뿌리는 위대한 인간이 되지 못했다. 그의 종족과 인류 전체의 미래를 개척하는 러시아의 완벽한 천재가 되지 못한 것도 이 점에 근거한다.

물론 이것이 지난 세기의 러시아에 있어서는 의미요 중요한 임무였다. 당시에는 종교적 불안과 무분별한 고뇌의 충동으로 말미암아 모든 도덕적 깊이가 손상되었고, 사회적 문제들 또한 허물어져 그 뿌리까지도 적나라하게 노출되었다. 이 점에 있어서는 천재적 예술가가 보여주는 정신의 집단적 능력에 무한한 경외심을 보내지 않을 수 없다. 우리가 많은 것을 좀더 깊이 있게 감각하고 더욱 결단력 있게 인식함으로써 시대의 문제와 인간의 영원한 문제를 전보다 엄밀하고 비극적인 눈빛으로 통찰한다면, 우리는 러시아와 러시아 문학에 감사하는 마음을 갖게 되는데, 새로운 진리를 위해 낡은 진리를 넘어서는 그 모든 창조적 불안 역시 러시아 문학에 힘입고 있는 것

이다. 모든 러시아적 사고는 뜨거운 정신의 발현이
자 사방으로 팽창하면서 폭발하는 힘이다.

그러나 그것은 스피노자나 몽테뉴, 몇몇 독일인에
서와 같은 명석함은 아니다. 무엇보다 그것은 세계
의 영적 확대라는 점에서 훌륭하게 공헌한다. 근대
의 예술가 중에 어느 누구도 톨스토이와 도스토옙
스키처럼 영혼의 상태를 개척하고 파헤치지는 않았
다. 하지만 그들 두 사람이 만들어낸 또 하나의 새로
운 질서가 우리의 창조에 도움을 주지는 못했다. 그
들이 자신의 무질서, 영혼의 심연을 억눌러 세계의
미로 진정시키고자 할 때면 우리는 그들의 갱도坑道
에서 이탈한다. 왜냐하면 톨스토이와 도스토옙스키
그 두 사람은 그들의 공포를 감내하여 무한히 열려
진 허무를 뛰어넘고 있으며, 원초적 불안에서 탈출
하여 종교적 반동으로 도피하기 때문이다. 두 사람
모두가 그들 내면의 심연에서 파멸하지 않기 위해서
노예처럼 그리스도의 십자가에 달라붙어 한순간에
러시아 세계를 우울하게 만드는 데 반해, 니체의 청

명한 눈초리는 험상궂게 찌푸린 옛 하늘을 번개처럼 쪼개며 유럽인에게 신비한 망치와도 같은 힘과 자유에의 믿음을 전파한다.

조국 러시아의 가장 강렬한 인간 톨스토이와 도스토옙스키, 그들 둘 다 묵시록적 공포에 사로잡히고, 돌연 그들의 작품으로부터 소스라쳐 깨어나, 똑같은 러시아의 십자가를 짊어지고 분연히 일어섰음은 환상적 연극이 아닐 수 없다. 두 그리스도는 가라앉는 세계의 구원자와 해결사로서 서로가 서로를 향해 말을 걸고 응답한다. 아니 광기 어린 중세의 두 승려처럼 그들은 각기 자신의 연단에 올라가 생과 정신 양편에서 상호 대결하는 것이다.─골수 반동분자이자 독재의 옹호자 도스토옙스키는 전쟁과 테러를 조장하고 초월적 힘의 권력욕에 빠져 날뛰면서, 그를 감옥에 처넣었던 차르 제국의 시녀, 제국주의적 세계 정복의 구세주를 꿈꾸는 신봉자였다. 이에 반해 톨스토이는 도스토옙스키가 칭송하는 것을 미친 듯 경멸한다. 그는 저 신비한 노예만큼이나 신비한 무정부주의자의 입장에서 차르 제국을 살인자로, 교회와 국가를 도둑으로 탄핵하고 전쟁을 무섭게 저주하지만, 그러나 그 역시 도스토옙스키와 마찬가지로 입으로는 그리스도를 부르짖고 손에는 성서를 들고 있다.— 두 사람 다같이 착종된 영혼의 비밀스런 공포로부터 반동적으로 세계를 비굴과 몽롱함에 빠뜨린다. 이 두 사람에게는 그들의 묵시록적 불안을 민족에게 발산할 만큼 알 수 없는 계시의 영감靈感이 작용했음에 틀림없다. 세계종말과 최후의 심판에 대한 예감, 선지자적 직관이 그것으로, 러시아의 대지는 슬그머니 대격변의 싹을 배태하고 있다. —시인이 시대 속에서 타오르는 열기와 구름 속에서 울려오는 뇌성雷聲을 예감하지 못하고, 또 새로운 탄생의 고통에 사지를 떨며 괴로워하지 않는다면, 도대체 시인의 직분과 사명은 무엇이겠는가? 속죄할 것을 부르짖고, 격노하면서 열정에 떠는 두 예언자는 다같이 세계종말의 문턱에서 비극의 등불을 밝히고 서 있다. 그들은 우리 세기에는 더 이상 볼 수 없던 구약 성서의 거인처럼, 이미 기류를 타고 사뿐히 날아오는 괴물을 저지하려고 안간힘을 쓰는 것이다.

그러나 그들은 형성되는 것을 예감할 뿐이지 세계 전개를 바꿀 수 있는 것은 아니다. 도스토옙스키는 혁명에 냉소를 보낸다. 그런데 그의 장례행렬 바로 뒤에는 폭탄이 터지면서 급기야 그것이 차르 제국을 무너뜨린다. 톨스토이는 전쟁을 지독히 혐오하면서 지상적 사랑을 요구한다. 하지만 네 번이나 대지는 그의 관 위에서 황폐화되고, 가장 잔인한 골육상잔이 세계를 능멸한다. 예술의 자기모독으로 이루어진 그의 형상들은 시대를 초월하여 잔존하지만, 그의 동포들은 최초의 불길한 전조와 풍랑만으로도 쓰러져 버린다. 그가 갈구한 신의 왕국의 붕괴를 그가 직접 체험하지는 못했지만, 아마도 그것을 그는 예감하였으리라. 그도 그럴 것이 인생을 마감하는 마지막 해에 그는 친구들에게 둘러싸여 조용히 앉아 있는데, 하인은 그에게 편지 한 통을 가져오고, 그래서 그는 그것을 뜯어서 읽어보기 때문이다.

"안됐습니다, 레프 니콜라예비치 씨. 저는 인간적 관계들이 오직 사랑을 통하여 개선될 수 있다는 당신의 말에 동의할 수 없습니다. 그렇게 말할 수 있는 자들은 단지 잘 교육받고 늘 배부른 사람들 뿐이지요. 그러나 당신께서는 어린 시절부터 굶주리고 평생을 전제의 굴레에서 핍박받던 저들에 대해 뭘 주장하시렵니까? 그들은 노예 상태에서 풀려나도록 투쟁하고 노력할 것입니다. 그런데 레프 니콜라예비치 씨, 저는 임종을 눈앞에 둔 당신께 이렇게 말씀드리는 바입니다. 세계는 철저히 숨막히는 상황에 도달할 것이고, 앞으로는 누구나 혈통의 구분없이 주인이 될 뿐만 아니라 그들의 자손까지도 그것을 때려 부수고 분쇄함으로써, 이들의 대지 또한 사악한 어떤 것에 귀속되지 않을 것입니다. 유감스러운 것은 당신께서는 더 이상 이 시간을 체험할 수 없어서 본인 스스로가 저지른 오류의 목격자가 될 수 없을 것이라는 사실입니다. 부디 편안한 임종을 맞이하시길 기원합니다."

누가 이 벽력 같은 편지를 썼는지는 아무도 모른
다. 비밀열쇠를 거머쥔 자가 트로츠키인지 레닌인
지, 아니면 무명의 혁명가 중에 어떤 자인지 우리는
앞으로도 그것을 알지 못할 것이다. 하지만 이 순간
톨스토이는 그의 교리가 현실에 부딪쳐 연기처럼 허
물어졌다는 것을 이미 깨달았을 것이다. 혼란하고
야성적인 열정이란 항상 동포의 우애보다는 전 인류
사이에서 더 강렬해진다는 것을 그는 깨달았을 것이
다. 목격자들은 그의 얼굴이 이 순간 근엄해졌다고
설명한다. 그는 편지를 집어들고 깊은 생각에 빠져
서는 그의 방으로 건너갔으며, 그의 희끗희끗한 머
리에는 미래를 예감하는 빛이 감돌았다.

구체화를 위한 투쟁

하나의 기본명제를 실천으로 옮기는 것보다
열 권의 철학서를 쓰는 것이 더 쉬운 일이다.
−1847년의 일기에서

톨스토이가 저 몇 년간이나 아주 끈질기게 뒤적이던 성서 속에서 "바람을 일구는 자는 폭풍을 거두나니라"라는 계시의 말씀을 읽었을 때, 바로 이런 운명이 이제 그 자신의 삶에서 실현되기에, 그는 경외심에 몸을 떨게 되었다. 단독자, 적어도 강렬한 인간이 그의 정신적 불안을 세계 속에서 쏟아넣는 데에는 속죄만이 선행조건이다. 속죄가 필요한 까닭은 저항감이 자신의 가슴을 거역하여 천 배나 부풀어오르기 때문이다. 일찍이 토론의 열기가 사라져 버린 오늘날, 우리는 신의 최초의 부름을 받은 사도 톨스토이가 어떤 광적인 기대를 러시아, 나아가 전 세계에서 발화시켰는지 헤아릴 길이 없다. 그러나 그것이 온 민족의 양심에 호소하는 강렬한 일깨움, 영혼의 저항임에는 틀림없다. 그런 전복적 영향에 깜짝 놀란 정부가 톨스토이의 논쟁적인 글들을 서둘러 금지해도 소용없는 짓이다. 그 글들은 타자기로 복제되어 살그머니 사람들의 손으로 전달되고, 또한 외국어 판으로 비밀리에 역수입된다. 톨스토이가 기존 질서의 요소들, 국가·차르 제국·교회 등을 더욱 과감하게 공격하면 공격할수록, 공동인류에 대한 개선된 세계 질서의 요구는 점점 더 격렬하게 불을 뿜는 것이며, 인간의 모든 구원에의 솔직한 심정이 그만큼 더 도도한 물결로 그를 향해 밀려드는 것이다. 그도 그럴 것이 철도와 라디오·전보가 생겨나고, 현미경을 위시한 그 모든 기술적 마술이 개발될지라도 우리의 관습적 세계는 예수와 마호메트 또는 부처의 시대와 동일한 희망, 지고한 도덕적 상황의 메시아적 기대를 보존해 왔기 때문이다. 늘 새롭게 지도자와 스승을 찾고자 하는 동경은 영원히 기적을 바라는 집단의 영혼 속에 살아남아 가볍게 진동한다. 그렇기에 한 인간, 어느 개별자가 약속을 내세워 인류를 향할 때면 언제나, 그는 이 믿음의 동경을 예리하게 자극한다. 용기를 내고 분연히 일어서서 "나는 진리를 아노라"라며 가장 책임 있는 말을 던지는 자라면, 그에게는 무한하고 확고한 희생에의 비장한 각오가 준비되어 있는 것이다.

그리하여 톨스토이가 사도로서의 임무를 자청하고 나서자, 세기말을 즈음한 러시아 전역의 수백만 눈빛은 온통 그에게로 향한다. 우리에게는 이미 심리학적 문서로만 남아 있는 《참회록》은 하나의 포고처럼 신앙심 있는 젊은이들을 도취시킨다. 그들은 마침내 강력하고 자유로운 인간, 게다가 러시아의 가장 위대한 시인이 이제까지는 오직 무신자들만이 탄원하던 것, 그들이 반(半)노예들에게는 비밀스럽게 속삭이던 것을 강력하게 요청했다는 사실에 환호한다. 세계의 현 질서는 부당하고 비도덕적이어서 그대로 유지될 수 없으며, 따라서 새롭고 개선된 형식이 찾아져야 한다고 그는 주장한다. 불만스럽던 모든 이에게 뜻하지 않았던 동기가, 그것도 진보주의 이론가 중의 한 사람이 아니라 어느 누구도 그 권위를 의심치 않는 독립적이고 순수한 지성인으로부터 동기가 형성되었던 것이다. 젊은이들은 이 위대한 남성이 자신의 삶, 뚜렷한 현존재의 모든 행위를 통하여 모범을 보인다고 듣고 있다. 백작으로서는 특권을, 부자로서는 재산을 버리고자 하며, 유산자이자 대문호로서는 겸허한 자세로 노동 민중의 차별 없는 협동단체에 가입한다. 교양 없는 자, 농부들, 무식한 사람들에 이르기까지 무산자의 이 새로운 구세주는 가리지 않고 찾아다닌다. 이미 첫 번째 젊은이 집단이 형성되어 톨스토이 종파가 그들 스승의 말씀을 철저히 구현하기 시작한다. 그들 뒤에는 억압받는 무수한 자들이 어둠에서 깨어나 광명을 기다린다. 그토록 수백만의 가슴과 수백만의 눈빛이 톨스토이라고 하는 포고자를 향하며, 그의 모든 행동, 세계적 의미가 되어 버린 그의 삶의 행위를 바라본다. "실로 이분이 우리를 가르치셨고, 앞으로도 우리를 가르치실 것이다."

그러나 기이하게도 톨스토이는 그가 얼마나 막중한 책임을 짊어지고 있는가를 근본적으로 알지 못하는 것처럼 보인다. 물론 그가 포고자로서 그런 삶의 교훈을 엄밀한 문자로 남겨야 할 뿐만 아니라 자기 실존의 한가운데서 모범적으로 실천해야 한다는 것 또한 충분히 느낄 만큼 냉철한 것도 사실이다. 하지만 —이것이 바로 그의 최초의 오류인데— 그는 새로운 사회적·윤리적 요청의 구현을 삶의 태도 속에서 다만 상징적으로 시사하고, 때때로 근본적인 참여의 의미를 부여하면 그것으로 이미 다 되었다고 생각한다. 그가 주인과 농노라는 외견상의 차이를 없애도록 농부처럼 옷을 차려입은 것도 이 때문이고, 들판에서 낫과 쟁기를 가지고 일하는 것도 여기에 근거한다. 들판에서의 노동, 빵을 얻으려는 힘들면서도 경건한 노동, 나는 그것을 수치로 여기지 않

는다. 아무도 그것을 부끄럽게 여겨서는 아니 되나
니. 보라! 너희 모두가 아는 바와 같이 나 레프 톨스
토이는 그런 것에 개의치 않고 정신적 권능에만 매
진하여 이제 기쁨을 맞이하노라. 그는 재물의 '죄'로
더 이상 영혼을 더럽히지 않도록 그의 소유물, 자산
(당시에도 이미 50만 루블을 넘는)을 부인과 가족에게
양도하며, 그의 작품에서 나오는 돈 또는 그에 상응
하는 가치를 받기를 극구 마다한다. 그는 자선금도
그에게 청하는 전혀 모르는 사람들, 가장 비천한 사
람들, 아니면 직접 방문하거나 편지한 사람들에게
희사한다. 남을 도우려는 동포애 때문에 지상에서
일어나는 어떤 불공정하고 부당한 일도 그는 감수한
다. 그럼에도 불구하고 그가 곧 깨달을 수밖에 없는
것은 그에게 너무 많은 것을 사람들이 요구한다는
사실이다. 그럴 것이 신앙을 가진 대다수, 그가 영혼
의 모든 의미로서 추구하는 저 '민중'은 자기비하의
정신적으로 숙고된 상징에 만족하지 않고 그에게서
더 많은 것을 요구하는데, 민중이란 바로 완전한 포

기, 비참과 불행의 적나라한 모습이기 때문이다.

진실로 신도와 신봉자를 창조해 내는 것은 결코 암시적이고 예시적인 자세가 아니라 순교의 행위이리라―그렇기에 어느 종교든 그 시초에는 언제나 자신을 희생하는 자가 있게 마련이다. 그런데 톨스토이가 그의 교리를 강력히 이행하기 위하여 행했던 그 모든 것은 자기비하의 제스처, 종교적 굴종의 상징행위에 불과했던 것이다. 이는 예컨대 가톨릭 교회가 교황이나 신앙심 깊은 황제에게 부과하는 그런 것과는 비교도 되지 않는다. 그들은 부활절 전주의 목요일에, 그러니까 일 년에 한 번은 나이 먹은 열두 사제들의 발을 씻어준다. 그럼으로써 가장 비천한 행위라 해도 그것이 지상에서 가장 지고한 행위를 깎아내리지 않는다는 것을 통고하고 이를 민중의 면전에서 직접 보여주게 되는 것이다. 그러나 교황이나 오스트리아 및 스페인 황제가 일 년에 한 번 있는 이 속죄행위를 통하여 그들의 권능을 잃거나 실제로 목욕을 돕는 시종으로 변하지 않듯이, 위대한 시인이자 귀족인 톨스토이가 한 시간 동안 구두를 꿰고 고치는 일을 한다고 구두수선공이 되거나, 두 시간가량 들에서 일한다고 농부가, 그의 가솔들에게 자산을 물려준다고 해서 정말 거지가 되는 것은 아니다. 톨스토이는 우선 그의 교리의 실현가능성을 입증했지만, 그렇다고 해서 그것을 성취한 것은 아니었다. 하지만 바로 이것을 상징(깊은 본성에서 우러난)에는 만족할 수 없고 완전한 희생만이 확실한 증거일 수 있는 민중이 레프 톨스토이에게서 기대했다.

대가의 교리를 믿는 최초의 신봉자들은 언제나 그들의 스승보다 훨씬 더 철저하고 엄격하게, 말귀 그대로 그것을 해석하는 법이다. 이 때문에 톨스토이의 신도들이 가난을 함께하려는 이 예언자의 영지를 순례하면서 야스나야 폴랴나의 농부들도 다른 귀족의 농장에서처럼 비참함에 허덕이고 있음을 알고는 깊이 실망하곤 하였다. 그런데도 레프 톨스토이라는 사람은 전과 다름없이 귀족의 저택에서 백작의 신분으로 손님들을 근엄하게 맞이하며, 여전히 "온갖 계략으로 민중의 필연적인 것을 수탈하는" '인간계급'에 속해 있다. 큰소리로 공표한 자산의 양도라는 것도 그들에게는 실제적인 포기로는 이해되지 않을뿐더러 그의 없음이 가난으로 여겨지지도 않는다. 여전히 그들은 모든 안락을 완전히 누리고 있는 시인을 보게 되는데, 농부들이나 구두수선공들과 보낸 시간이라는 것도 진심에서 우러난 것으로는 믿지 못한다. 어느 늙은 농부는 "어떤 인간이길래 말과 행동이 저토록 다르단 말인가"라며 화가 나서 투덜거린다. 대학생들과 골수 공산주의자들은 이론과 행위의 이중성을 점점 더 격렬하게 성토한다. 갈수록 그의 이론의 철저한 신봉자들까지도 그가 보여주는 모호한 태도에 실망한다. 이론을 철폐하든지 아니면 상징적 행위뿐만이 아니라 궁극적으로는 글자 그대로 실천하라는 서한, 때로는 무지막지한 비난이 날이 갈수록 더 심해진다.

이런 탄원에 놀라 마침내 톨스토이도 그가 얼마

나 무리한 요구를 도모했는지 새삼 깨닫는다. 강령이 아니라 사실만이, 선동자적 모범이 아니라 삶의 완벽한 개조만이 그의 사도로서의 임무를 활발하게 하리라고 인식한다. 대변자이자 서약자로서 공중의 연단, 19세기의 최고 무대에 서 있는 자, 휘황찬란한 명성의 광휘에 휩싸여 있으면서도 수백만 눈초리에 감시당하는 톨스토이라는 인물은 사적인 모든 것, 안락한 삶을 궁극적으로는 포기해야만 하는 것이다. 그런 자는 그때그때 상징을 통해 자신의 의중을 암시해서는 아니 되고, 실제적인 희생행위를 통하여 누구에게나 스스로를 입증해 보여야만 한다. "사람들에게 뜻을 전달하려면 고뇌를 통하여, 아니 나아가 죽음을 통하여 진리를 강화해야만 한다." 이렇게 톨스토이는 그의 개인적 현존을 위해 사도의 독단으로는 전혀 헤아리지 못했던 의무를 떠맡는다. 톨스토이는 몹시 놀라 허둥대며, 기력을 잃은 것은 분명 아니지만 영혼의 밑바닥까지 불안하여 그의 교리가 담겨 있는 십자가를 들어올린다. 이제부터 그는 그의 현존의 모든 행위로서 도덕적 요구들을 구체화하여, 우스꽝스럽고 시끄러운 세상 한복판에서 그의 종교적 믿음을 충실히 실행하는 성스러운 종복이 되고자 결심한다.

성자聖者, 이 말은 그 모든 해학적 아이러니에도 불구하고 결정적이다. 왠고하니 우선 성자는 우리가 살고 있는 냉정한 시대에는 터무니없고 불가능하며, 이미 사라진 중세의 시대착오라 하겠지만, 모든 영적 유형의 상징물과 제의적 형식만은 무상한 세월에 종속되기 때문이다. 다시 말해 모든 유형 자체는 우리가 역사라 칭하는 저 간과할 수 없는 유사성들의 유희에 따라 연속적이고 강압적으로 영원히 회귀하는 것이다. 항상, 그리고 어느 시기에 있어서든 인간들은 성스러운 존재를 추구하도록 되어 있는데, 왜냐하면 인류의 종교적 감정은 이같이 가장 지고한 영혼의 형식을 항상 새롭게 요구하고 창출해내기 때문이다. 다만 그것의 완벽한 수행은 시대의 변화에 따라 다른 양상으로 바뀌는 것만은 틀림없다. 정신적 열정에 의한 존재의 신성화 개념은 성화나 기둥에 양각된 목상들과는 아무 관계도 없는 것이다. 이미 우리들은 신학적 회합과 교황선출의 판결로부터 성자의 형상을 해체시켰다. ―'성스러운'이란 우리에게 종교적으로 관철된 이념에의 완전한 헌신이라는 의미에서 오늘날 '영웅적'이라는 것을 뜻한다. 지성적 황홀, 예컨대 질스 마리아의, 신의 살해자 니체가 느끼는 세계 부정의 고독이나 암스테르담의 다이아몬드 세공자가 갖고 있는 감동적인 무욕無慾은 우리에게 가시로 체형을 가하는 망아적 고행자의 황홀과 진배없는 것으로 여겨진다. 기적이 없는 시대라 할지라도, 타자기와 전기가 발명되고, 도시 한복판에 십자로가 생겨나고, 취기 어린 도시에서 벌 떼 같은 인간들이 우글거릴지라도, 양심을 피로써 증명하는 정신적 성자는 오늘날에도 가능한 것이다. 이런 기적적이고 진기한 현상을 신적 전능과 지상적 확실성으로 고찰하는 것이 우리에게는 더 이상 불필요하다. 그와는 반대로 우리는 이 위대한 모험자들, 바로 위기에 접하여 투쟁하는 위험한 시련자들을 사랑한다. 우리는 그들에게 철저히 항거하는 것이 아니라 그들의 과실에도 불구하고 그들을 사랑한다. 왜냐하면 우리 인류는 성자를 더 이상 초지상적 피안의 사도로서가 아니라, 인간들 사이에 우뚝 선 가장 지상적인 사도로서 원하기 때문이다.

따라서 우리를 가장 감동시키는 것은 삶의 전형적 형식을 얻으려는 톨스토이의 무서운 시도에도 불구하고 거기에서 나타나는 그의 동요이다. 그가 마지막 성취를 앞두고 인간적으로 거부하는 것은 그가 우리에게 신성한 존재로 있었던 것보다 훨씬 더 감동적이다. 톨스토이가 시대적으로 인습적 삶의 형식을 타파하고 양심의 불변성만을 구현하려는 영웅적 임무를 시도하는 순간, 그의 삶은 필연적으로 프리드리히 니체의 분노와 파멸 이래로 우리가 보아왔던 비극보다 더 위대한 비극이 되어 버린다. 가문·귀족 세계·재산·시대법칙의 관계를 떠나는 그런 철저한 분리는 수천 갈래의 신경조직을 부수지 않고서는,

자기 자신과 그의 근친관계를 가장 고통스럽게 상처 입히지 않고서는 볼 수 없기 때문이다. 하지만 톨스토이는 고통을 전혀 두려워하지 않는다. 아니, 그는 순수한 러시아인으로서, 그리고 그 때문에 극단론자를 표방하면서 진실성을 확연히 증명하려는 실제적 고통을 동경한다. 그는 이미 그의 현존재의 향락에 지쳐 있다. 평범한 가족의 행복, 작품의 명성, 그와 함께하는 인간들의 경외심 따위에 그는 염증을 느낀다. 그의 내부에 숨어 있는 창조적 심성은 무의식적으로 더 짜릿하고 다양한 운명, 가난과 궁핍과 고뇌와 같은 인간 원초충동과의 보다 깊은 결합을 갈망한다. 심각한 위기를 겪은 이래로 그는 고뇌의 창조적 의미를 최초로 인식한다. 그는 그의 교리에 들어 있는 굴종의 순수함을 사도로서 입증하기 위하여 집이나 돈·가족도 없이 누추하게, 이를 잡으면서 경멸조로, 국가로부터는 박해당하고 교회에서는 파문당한 채, 가장 비참한 인간의 삶을 영위하고자 한다.

톨스토이는 그가 자신의 작품들에서 참된 인간의

가장 중요하고 유일한 영혼 형식으로 묘사했던 것을 자기 살과 뼈와 뇌수로써 체험한다. 거기서는 운명의 바람이 실향민이나 무산자를 낙엽처럼 휘감아 날려 버린다. 톨스토이는 그의 맞수 도스토옙스키의 의지에 반反하여 저주받은 운명을 그의 내적 충동으로부터 본질적으로 얻고자 갈구한다. ―바로 여기서 역사라는 위대한 예술의 여신이 그녀의 천재적이고 아이러니한 반명제를 재구성한다. 도스토옙스키는 톨스토이가 교육적 원칙, 순교자의 열정으로부터 강렬하게 체험하고자 하는 모든 것을 쓰디쓴 고뇌, 운명의 잔인함과 증오로 체험한다. 도스토옙스키는 고통스럽게 불타면서 즐거움을 고갈시키는 진짜 가난을 괴물 네수스의 옷처럼 살점에 걸쳐입고는 실향민처럼 방방곡곡을 어슬렁거린다. 병은 그의 육체를 갈기갈기 찢어 버리고, 차르 제국의 병사들은 그를 죽음의 기둥에 묶어서 시베리아의 감옥으로 유배 보낸다. ―톨스토이가 그의 교리의 순교자임을 과시하기 위해 철저히 체험하려 한 그 모든 고통, 그것은 도스토옙스키에게 과분할 정도로 넘쳐흐른다. 반면 뚜렷한 고뇌의 징표를 얻으려는 톨스토이에게는 핍박과 가난이라는 것이 결코 우연히 찾아오지 않는다.

그도 그럴 것이 고뇌를 의지로써 밀고나가는 세계 입증과 구체화의 노력도 매번 톨스토이에 있어서는 성취될 가망을 보이지 않는 것이다. 냉소적이고 반어적인 운명으로 말미암아 그는 순교의 길을 차단당한다. 그는 가난해지고, 인류에게 자산을 선사하고 싶어하며, 글과 작품으로부터 더 이상 돈을 벌어들이려 하지 않는다. 그러나 가족은 그가 가난해지도록 내버려두지 않는다. 그는 고독해지려고 한다. 그러나 명성 때문에 그의 집은 기자들과 그들의 호기심으로 가득 찬다. 그는 멸시받기를 원하지만, 그러나 그가 자신을 모멸하고 비하하는 동시에 그 자신의 작품을 악평하고 그의 정직함을 의심하면 의심할수록, 사람들은 더욱더 존경심을 가지고 그에게 매달린다. 그는 누추하고 불결한 오두막에서 아무도 모르게, 그 누구의 방해도 받지 않고 농부의 삶을 영위하거나, 순례자와 걸인으로서 거리를 헤매고 싶어한다. 그러나 가족이 그를 사방에서 보호하면서 그의 고통을 덜어주도록 그가 공개적으로 부인하는 기술의 모든 편익을 그의 방까지 들여놓는다. ─"자유롭게 사는 것이 내게는 고통스럽다"고 그는 말한다.

당국은 그러나 음흉하게도 그를 회피하고, 오로지 그의 신봉자들만을 탄압하여 시베리아로 유형 보내는 것으로 만족한다. 그래서 톨스토이는 마침내 차르 황제를 통렬하게 공격하고 비방함으로써 유죄를 선고받고 급기야는 공개 석상에서 폭동죄를 받아야 할 위기에 처한다. 그럼에도 니콜라우스 2세는 그의 죄를 청원하는 대신에게 이렇게 말한다. "부디 레프 톨스토이의 죄를 거론하지 말기를 청하오. 나는 그를 순교자로 만들 생각이 없소." 그러나 톨스토이가 그의 노년에 간절히 원했던 것은 이것, 바로 이런 순교인데, 운명은 그에게 이를 허락하지 않는 것이다. 그렇다, 이 고뇌를 원하는 자에게는 고통이 일어나지 않도록 운명이 저 심술궂은 배려의 손길을 펼치는 것이다. 정신병동 보호실에서 착란에 빠져 있는 광인처럼, 그는 명성이라는 눈에 보이지 않는 감옥에 갇혀 어찌할 바를 모른다. 그는 자기 이름을 멸시하고, 국가와 교회나 모든 권력에 대해 분노한다. 그런데도 사람들은 모자를 벗고 그의 말을 정중히 경청하면서, 그를 천부적인 광인, 위험성 없는 착란자로 소중히 여기는 것이다. 한 번도 그는 누구나 인정하는 명백한 행위, 종국적 증거, 그럴 듯한 순교에 성공하지 못한다. 십자가에 매달리려는 그의 의지와 현실 사이에 악마는 명성을 던져놓는다. 악마가 운명의 날개를 거머쥐고 그에게는 고뇌가 범접치 못하도록 만드는 것이다.

여기에 그의 모든 신봉자들의 성급한 불신과 그의 적대자들의 조롱이 동시에 떨어질 수 있을 것이다. 하지만 무엇 때문에, 무엇 때문에 레프 톨스토이는 결단의 의지로써 그 고통스러운 모순을 척결하지 못하는가? 무엇 때문에 그는 기자와 사진사들을 집에서 쫓아내지 못하는 것이며, 또한 그의 가족들이 그의 작품을 팔도록 내버려두는 것인가? 어찌하여 그는 자기 의지를 접어두고 그의 요구를 완전히 무시하면서까지 부와 쾌락을 지상의 최고 선으로 말하는 주변의지를 허용한단 말인가? 그는 왜 결국은 양심의 명령에 따라 명백하고 단호하게 행위하지 못하는가? 톨스토이는 이런 거대한 의문에 대해 사람들에게 직접 대답한 일도, 변명한 일도 전혀 없었다. 반대로, 의지와 실행력 사이의 명백한 모순을 추잡한 손가락으로 지적한 어떤 하릴없는 수다쟁이도 톨스토이 본인보다 그의 행위나 심지어 행위 없음의 모호함을 더 심각하게 탄핵하지는 않았다. 1908년 그는 일기에다 다음과 같이 적는다. "내가 낯선 자에게서 듣듯이 자신의 목소리를 들었을 때, 즉 호화롭게 살면서 취할 수 있는 모든 것을 농부들에게서 빼앗는 한 인간이 그들을 붙잡아 기독교도로서 신앙을 설복하면서 그들에게 동전 하나를 나누어주고, 그러고는 뻔뻔하게도 사랑하는 처의 꽁무니로 숨는다는 나 자신의 목소리를 들었을 때… 나는 서슴없이 그런 자를 악당으로 칭하리라! 내가 세계의 허영과 단절하여 오직 영혼만을 위해 살려면 바로 그런 말을 해야 하리라." 참으로 레프 톨스토이라는 인물의 도덕적 이중성을 그 누구도 해명할 필요가 없었다. 그는 스스로가 그로 인해 날마다 영혼의 고통을 앓는다. 일기에서 그가 자신의 의문을 양심적으로 토로할 때면, 거기에는 붉은 화염이 이글거린다. "레프 톨스토이여 말해 보라. 너는 과연 너의 교리의 기본 원칙에 따라 살고 있는가?" 그러면 곧이어 "아니다, 나는 수치스러워 죽을 지경이다. 나는 죄를 지어 경멸당해 마땅하다"는 처절한 절망의 소리가 이에 응답한다.

톨스토이는 그의 곤궁을 신앙적으로 증명하기 위해서 그에게는 오직 유일한 삶의 형식, 즉 집을 떠나고, 귀족 칭호와 예술을 포기하여 순례자로서 러시아의 거리를 방황하는 것만이 가능하다는 것을 분명히 하였다. 그럼에도 불구하고 이 고백자는 최종 결단을, 가장 필연적이고 유일한 증거로서의 결단을 결코 감행할 수 없었던 것이다. 하지만 그의 이런 마지막 약점의 비밀, 철저한 급진주의로의 이행 불가능성이야말로 우리에게 톨스토이의 마지막 아름다움을 의미하는 것이리라. 그도 그럴 것이 완성은 항상 인간적인 것의 피안에서만 가능하기 때문이다. 성자든 조용한 품성의 사도든 냉혹해져서는 제자들에게 거의 초인간적이고 비인간적인 요구, 즉 남녀노소를 불문하고 그들은 신성을 위하여 그들 자신의 배후에 남아 있어야 한다는 요구를 제기할 수 있어야 하는 것이다. 철저하고 완결된 삶이란 늘 분리된 개체의 공허한 공간에서만 구체화되고, 상호 유대와 결합 속에서는 불가능한 법이다. 그렇기에 어느 시대나 성자의 길은 오직 자신에게 적합한 거처와 고향으로서의 황무지로 향한다.

톨스토이가 그의 교리의 극단적 논증을 실행에 옮기려 하는 한, 그 역시 교회나 국가와의 관계에서처럼 더 좁고 따뜻하며, 더 밀착된 가족관계에서도 벗어나야 한다. 그러나 너무나 인간적인 성자는 30년 동안이나 이렇게 냉혹하고 무분별한 행동을 실행에 옮기는 데 실패한다. 두 번이나 그는 달아났다가 두 번 다 되돌아왔는데, 까닭인즉 당황한 부인이 자살할지도 모른다는 생각이 마지막 결단의 순간에 그의 의지를 꺾었기 때문이다. 그는 도저히 —이는 진정 그의 정신적 업보이자 인간적 아름다움이다!— 추상적 이념을 위해 한 인간을 희생시킬 엄두도 내지 못한다. 아이들과 헤어지고 부인을 자살로 이끄느니 차라리 그는 혈연관계의 과중한 덮개를 고통스럽게 인내한다. 유언장과 서적계약과 같은 결정적인 문제에 대해 그는 절망하면서도 가족을 용서하며, 다른 사람을 슬프게 하느니 차라리 스스로 아픔을 감수한다. 그는 바위처럼 굳건한 성자가 되기보다는 차라리 약한 인간이 되는 것에 고통스럽게 만족하는 것이다.

그는 이런 식으로 공중 앞에서 미온적이고 이상한 태도를 가중시킨다. 그는 어린애도 이제 그를 조롱하고, 솔직한 사람은 그를 의심하며, 그의 신봉자들은 그를 심판할 수도 있다는 것을 알고 있다. 그러나 이 때문에, 바로 이런 점 때문에 톨스토이는 그 어두운 세월을 보내면서도 굉장한 인내자가 되어서는, 입을 다물고, 매번 변명도 아니하고, 이중인격이라는 죄를 묵묵히 감수하는 것이다. "비록 나의 상황이 인간들 앞에서 좋지 않을지라도, 바로 그것이 내게 긴요한지 모른다"고 그는 비통한 마음으로 1898년의 일기에 적고 있다. 서서히 그는 시련의 특수한 의미를 인식하기 시작한다. 말하자면 이미 승리 없는 순교, 자기방어와 변명 없는 부당한 고통이 그가 운명으로부터 오랫동안 갈구해 온 시장터에서의 순교, 저 연극적 순교보다 훨씬 더 격렬하고 중요한 것이 되어 버렸음을 깨닫는 것이다. "나는 종종 고통을 겪고 탄압에 참고 견디기를 소망했다. 그러나 그것은 자신은 게으르면서 다른 사람이 나를 위해 일하기를 원했음을, 그리하여 내가 그저 고통을 감내해야 하는 동안 실제로는 그들이 내게 고통을 준다는 것을 의미한다."

당장에라도 고통 속으로 뛰어들어, 속죄의 욕망을 터뜨리며 증거의 형틀에 매달려 자신을 태우기라도 할 것 같았던 성급하기 이를 데 없는 인간은 서서히 달구어지는 불덩이가 훨씬 더 괴로운 시련으로서 그에게 부과되었음을 인식한다. 여기에 신의 비의를 모르는 자의 경멸과 자신의 지적 양심에서 나오는 영원한 불안이 들어 있다. 왜냐하면 끊임없는 양심의 가책이 그토록 명석하고 솔직한 자기관찰자에게 지상적 인간 레프 톨스토이는 자신의 집과 자신의 삶에서는 사도로서 수백만 인류에게 제기하는 윤리적 요청을 실현할 수 없다는 것을 날마다 새롭게 인정하도록 만들기 때문이다. 그런데 자기거부를 의식하는 톨스토이는 양심의 가책을 느끼면서도 그의 교리를 계속하여 전파하기를 그치지 않는 것이다! 더 이상 자신을 믿지 않는 그가 다른 자들에 대하여 신앙과 공감을 요구하는 것이다! 여기에 톨스토이의 상처, 그의 양심의 화농이 곪아 터진다. 그는 자신이

떠맡은 임무가 이미 세계에서 끊임없이 새롭게 선보였던 하나의 연기, 굴종의 연극이라는 사실을 깨닫는다. 톨스토이는 결코 자신을 속이지 않았다.

한데 그의 모호한 성격과 태도에 대하여 불구대천의 원수보다 그가 상세히 알고 있었다는 것, 바로 그것이 그의 삶을 그 자신만의 비극으로 만들었다. 그가 자기구토와 자기파괴에 이르도록 이 고역과 진리욕에 들떠 있는 영혼이 고통받았음을 알거나 예감하려는 자는 유작으로 처음 발견된 소설《신부 세르게이》를 읽을 것이다. 자신의 환각에 놀라 고해신부에게 이 같은 계시가 교만을 자극하도록 신의 각축자 악마에게서 내려온 게 아니고 정말 신에게서 내려온 것인가를 근심스럽게 묻는 성녀 테레지아와 마찬가지로, 톨스토이는 소설에서 인간에 대한 그의 교리와 행동이 명예욕과 신성에의 도취로부터, 허영심의 악마로부터 유래한 것이 아니라 정말 신성한, 따라서 윤리적이고 유용한 근거에 바탕하는지를 묻는다. 한 치도 은폐함이 없이 그는 저 소설의 성자 속에 야스나야 폴랴나에서의 자기상황을 묘사한다. 그 자신에게 신도들, 호기심 많은 자, 놀라움에 사로잡힌 순례자들이 찾아오듯이, 기적을 행하는 신부에게 수많은 속죄자와 경배자들이 도처에서 찾아오는 것이다. 그러나 작가 톨스토이와 똑같이, 신봉자들의 소요 한가운데서 양심의 이중성에 번뇌하는 신부는 모두가 성자로 떠받드는 자신이 진정 성자의 순수한 삶을 사는가 회의한다. 그는 자문한다. "내가 행하는 것이 어느 정도로 주를 위한 일이고, 어디까지 인간만을 위한 일인가?" 그런데 톨스토이는 세르게이 신부를 통하여 자기 자신에 대해 결정적 답을 내린다.

"그는 영혼의 깊숙한 곳으로부터 악마가 하느님을 위한 그의 일을 다른 것, 오직 인간의 명성만을 꾀하는 다른 것으로 바꾸어놓았다고 느꼈다. 톨스토이는 정말 그렇게 느꼈다. 사람들이 그의 고독을 일깨우지 않았던 과거에는 편안했으나, 이제 이 고독이라는 것이 그에게 고통이 되어 있었던 것이다. 그는 방문객들로 인하여 괴로움을 느꼈고 그들로 말미암아 피곤해졌다. 그럼에도 불구하고 내심으로는 그들을 기다렸고, 그들이 그에게 쌓아올린 찬양을 고대했다. 그에게는 점점 더 영적 강화와 기도에의 시간이 줄어들었다. 그는 종종 자신을 샘물이 졸졸 흘러나오는 샘터에 비유했다. 그 샘터에는 자신에게서 솟아나와 자신을 통해 흘러나가는 생명수의 원천이 있다고 생각했다. 그러나 메마른 자들이 이리로 몰려와 서로 다툼하는 지금, 샘물은 더 이상 고이지 않는 것이다. 그들은 모든 것을 짓밟아서, 남아 있는 것은 오직 불결함 뿐이다…. 그에게는 이제 사랑도, 겸손과 순수함도 더 이상 없었다."

그 누가 모든 신격화의 가능성을 불식하려는 이 결정적 자기부정보다 더 무서운 선고를 생각할 수 있겠는가? 이런 고백과 더불어 톨스토이는 이미 야스나야 폴랴나 성자의 서적판본을 영구히 파손하는 것이다. 그 자신에게 부과된 무거운 책임 때문에, 성자의 광륜 대신에 파멸하는 연약하고 불확실한 인간의 갈기갈기 찢어진 양심이 감동스럽다. 세계의 경탄, 그의 제자들의 고개숙인 흠모, 매일같이 찾아오는 순례의 행렬—그 모든 비틀거리고 광분하는 찬사에도 불구하고 이 회의적인 양심, 때묻지 않은 양심은 문학적으로 옮겨진 기독교 내부에 얼마나 연극적인 것이 많이 있고, 또 자신의 굴종 속에 얼마나 많은 명예욕이 감추어져 있는가를 결코 속일 수 없었다. 하지만 자기 자신을 끊임없이 혐오하면서도 톨스토이는 이 상징적 실제 속에서 그의 최초 의지의 경건성까지도 의심한다. 그는 아주 불안한 마음으로 그의 이중적 분신의 입을 통하여 물음을 제기한다. "그러나 적어도 신을 경배하려는 의도는 있었던 게 아니겠는가?" 그럼에도 불구하고 그의 대답은 재차 신성에 대해 모든 쐐기를 박는다. "그래, 의도는 있었는지 모르지만, 모든 것이 불결하고 명성에 살쪄 있었다. 나처럼 인간 앞에서 명성을 얻으려고 살았던 사람에게는, 신은 존재하지 않는다." 그는 신앙심의 지나친 변론과 비극적 연기를 통하여 믿음을 낭비하였다. 톨스토이도 분명히 느끼고 자인하는 바와

같이, 바로 유럽문학 전체에 대한 그의 연극적 자세,
조용히 굴종하지 않는 열광적 공개참회가 그의 완전
한 성령의 은총을 불가능하게 만들었다. 그가 세속
과 명성, 허영심을 거부하고 나서야 비로소, 그의 양
심의 형제인 세르게이 신부가 신에게 가까이 다가선
다. 톨스토이가 세르게이로 하여금 그의 방황 끝에
서 "나는 신을 찾겠노라"고 말하게 한다면, 이는 정
작 그 자신의 말인 것이다.

　"나는 신을 찾겠노라."―단지 이 말만이 톨스토이
의 참의지요 실제적 운명이다. 그의 운명은 신의 목
격자가 아니라 신의 추구자가 되도록 되어 있기 때
문이다. 그는 성자나 세계구원의 예언자도 아니었을
뿐만 아니라, 결코 진정한 자기 삶의 완벽한 형성자
도 될 수 없었다. 그는 언제나 한편으로는 많은 사람
들의 주목을 끄는 인간으로, 다른 한편으로는 위선
적이고 허영심 있는 인간으로 남아 있었다. 약점투
성이의 인간, 불충분하고 이중인격을 지닌 인간, 그
러나 그런 오류를 의식하고 크나큰 열정으로 완성을

위해 끊임없이 노력하는 인간으로 남아 있었다. 그는 성자는 아니지만 성자가 되려는 의지의 화신이요, 독실한 신자는 아니지만 거인적 힘의 소유자였다. 요컨대 톨스토이는 조용히 가라앉아 완결적으로 자신의 내부에 쉬고 있는 신성의 형상이 아니라, 삶의 도정에서 조금도 만족하지 못하고 매순간 매일매일 보다 순수한 형상화를 위해 끊임없이 싸우는 인류의 상징이었다.

톨스토이의 삶의 하루

가족 속에 있으면 나는 비애를 느낀다. 왜냐하면
나는 가족과 소속감을 나눌 수 없기 때문이다. 그들이 즐거워
하는 모든 것, 학교 시험이라든가 출세·물건 구입 따위를 나
는 그들 자신에게 불행하고 재앙스러운 것으로 여기지만,
그런 말도 하지 못한다. 말이야 그렇게 할 수 있고,
행동도 그렇게 한다지만, 아무도 내 말을
이해하지 못한다.
– 일기에서

레프 톨스토이가 살아온 무수한 나날 가운데 단 하루를 이렇게 그려볼 수 있는 것은 그의 친구들의 증언과 그 자신의 말 덕분이다.

때는 새벽녘. 노인의 눈꺼풀이 서서히 풀리고, 그는 잠에서 깨어나 주위를 둘러본다. 일출의 불그스레한 광채가 어느새 창가에 물들고 날이 밝는다. 어두컴컴한 그늘을 박차고 사유가 시작된다. 그때의 첫 감정은 아직도 살아 있다는 몹시도 행복한 감정 바로 그것이다. 밤마다 그렇듯이 어제 저녁도 다시 일어설 수 없다는 굴욕적 체념으로 침대에 전신을 뉘었었다. 등불의 심지가 가물거리며 타오르는 가운데 그는 오늘도 일기의 새로 시작되는 날짜 앞에다 '내가 살아 있다면'이라는 문장의 약어, W.i.l.라는 세 글자를 기록한다. 놀랍게도 그는 또 한번 현존의 기쁨을 선사받고, 살아 숨쉬고, 또한 건강한 것이다. 주님의 은총을 받은 것처럼 그는 열려진 가슴으로 대기를 흡입하고, 잿빛 탐욕의 눈으로 광채를 빨아들인다. 여전히 살아서 호흡하다니 정말 기적이 아닐 수 없다. 노인은 감사하는 마음으로 자리에서 일어나 옷을 벗고 맨몸이 된다. 냉수욕은 그의 건장한 육체를 벌겋게 물들인다. 육체를 단련하기 위해 노인은 숨이 차고 뼈마디가 우드득 소리낼 때까지 팔굽혀 펴기를 반복한다. 이어서 그는 벌겋게 달아오른 피부에 작업복을 걸치고는, 창을 훤히 열어놓고 손수 방을 청소하며, 하인과 종복이 되어 장작더미를 벽난로에 넣어 불을 지핀다.

　다음은 아래층 식당에 내려갈 차례다. 그의 처 소피아 안드레예브나Sophia Andrejewna를 비롯한 딸들, 비서, 몇몇 친구들이 이미 식탁에 와 있고, 주전자에는 차가 부글부글 끓고 있다. 비서는 쟁반에다 갖가지 편지나 잡지, 서적더미를 받쳐들고 그에게 가져오는데, 거기에는 동서남북 각처의 우편요금 선불 도장이 찍혀 있다. 톨스토이는 불쾌한 표정으로 그 종이더미를 바라본다. "귀찮고 성가신 것들이겠지"라고 그는 조용히 생각한다. "아무튼 골칫거리구말구! 인간은 자기 자신이나 신하고만 지내고, 세속의 안개를 피워서는 아니 되는 법. 방해와 혼란을 일으키는 것, 공허하고 사치스럽고, 명성이나 좇으면서 거짓을 자아내는 그 모든 것을 삼가해야 하는 것이지. 아무렴, 그따위 것들은 모조리 불살라 버려서 조금이라도 정신의 낭비를 줄이고, 영혼을 더럽히지 않는 것이 잘하는 짓이야." 그러나 호기심이 더욱 강해진다. 그는 결국 그 쓰잘 것없는 종이더미들, 부탁과

탄원, 구걸, 용무, 방문신청, 제멋대로 지껄이는 수다 따위의 갖가지 우편물들을 훑어보지 않을 수 없게 된다. 인도의 어느 승려는 그가 부처를 잘못 이해했노라 편지를 보내왔고, 감방을 나온 범죄자는 그의 생애를 설명하면서 충고까지 하려 하며, 그런가 하면 젊은이들은 혼란 속에서 그를 향한다.

그들 모두가 톨스토이에게 몰려온다. 그들이 말하듯이 톨스토이는 자기들을 도울 수 있는 유일한 사람이자 세계의 양심이었다. 톨스토이의 이마에는 주름살이 점점 더 깊어지며 수심에 잠긴다. "내가, 자신조차 어쩔 줄 모르는 내가 누굴 도울 수 있으랴. 나 역시 며칠 내내 미혹에 빠져서, 이 알 수 없는 인생을 감내하기 위한 새로운 의미를 찾고 있으며, 진리를 큰소리로 외치며 나 자신을 기만하고 있는 중이다. 그런데 그들 모두가 내게 달려와 레프 니콜라예비치여, 우리에게 인생을 가르쳐달라고 부르짖는 것은 얼마나 이상한 일인가! 내가 하고 있는 교만한 행위와 선동은 거짓이다. 참으로 나는 지칠 대로 지쳤다. 그것은 내가 자신 속에서 나를 가다듬는 대신에 그 수많은 인간에게 매달려 나를 탕진했기 때문이다. 나는 이런저런 말을 낭비하면서 침묵할 줄 몰랐고, 나의 내부에서 우러나는 가장 진정한 말에 조용히 귀를 기울이지 않았다. 그러나 나를 신뢰하는 인간들을 실망시켜서는 안 되며, 그들에게 대답해야만 한다." 그는 물이라고 말하면서 술을 마신다고 무섭게 힐난하는 어느 대학생의 편지를 더 오래 잡고 두 번 세 번 읽는다. 마침내 농부들에게 재산을 나눠주고 집을 떠나 신을 찾아 순례할 시간이 도래했다. "그의 말은 지당하다"고 톨스토이는 생각한다. "그는 내 양심을 말하고 있는 게야. 하지만 나 자신에게도 설명할 수 없는 것을 그에게 어떻게 설명할 것이며, 나 자신의 이름을 거론하며 나를 비난하는데 내가 어떻게 변명할 것인가?" 톨스토이는 곧장 그 대학생에게 답장하려고 이 한 통의 편지를 갈무리한다.

이제 그는 일어나 그의 작업실로 들어간다. 문에 서 있던 비서가 따라와 〈타임스〉지 특파원이 점심

때 인터뷰를 요청했던 일을 잊지 말라고 상기시킨다. 톨스토이의 얼굴은 어두워진다. "항상 성가신 일이 생긴다니까! 내 삶만을 주시하다니 대체 내게 무엇을 원하는 것일까. 내가 말하는 것은 내 저작 속에 들어 있는데. 책을 읽는 자라면 누구나 이해할 터인데." 그러나 어딘가 허영심에 약한 성품 때문에 그는 인터뷰에 응한다. "그렇다면 할 수 없지. 하지만 단 삼십 분간만 하도록 하지." 그리고 작업실의 문지방을 넘어서자마자 그의 양심은 벌써 가책을 받는다. "왜 또다시 허락했단 말인가. 백발이 성성한 머리로 죽음을 눈앞에 두고서 아직도 그렇게 허영을 좇아 행동하다니, 수다로 인해 끝장나리라. 그들이 나를 향해 몰려든다면, 나는 계속 약해지리라. 나를 감추고, 나의 말수를 줄이는 법을 도대체 언제나 나는 배우게 될 것인가! 주여, 저를 도우소서. 진정 저를 도와주소서!"

마침내 그는 작업실에 홀로 남아 있다. 소박한 사면의 벽에는 커다란 낫이 걸려 있고, 밀기울로 다져진 바닥에는 갈퀴와 도끼가 세워져 있다. 이곳은 안락한 휴식처라기보다는 통나무 집으로, 둔탁한 테이블 앞에는 묵직한 의자 하나가 놓여 있다. 말하자면 반쯤은 승방僧房 같고 반쯤은 농방農房 같은 작업실이다. 며칠 전부터 줄곧《삶에 대한 사고》라는 그의 미완성 인생론은 아직도 테이블 위에 놓여 있다. 그는 자신의 글을 여러 차례 읽으면서 이를 보완 수정하여 재구성한다. 급조되어 지나치게 단순한 글이 계속해서 정체된 상태에 머무른다. 톨스토이는 이렇게 술회한다. "나는 너무 경솔하고 너무 초조해 한다. 내가 아직도 개념을 명백히 한다고 느끼지 못할 뿐더러 확고한 신념조차 없으며, 나의 사고 또한 나날이 흔들리고 있다면, 내 어찌 신에 관해 서술할 수 있겠는가? 필설로는 형용할 수 없는 신을 말하고, 또한 저 영원히 알 수 없는 삶을 논하고 있다고는 하지만, 내 어찌 자신 있게 모든 자를 이해시킬 수 있으랴? 내가 시도하는 것은 나의 역량을 넘어선다. 아, 내가 문학작품을 쓰면서 인간에게 삶을 부여하고,

인간이 다시 우리 앞에 삶을 제시했던 시절에는 얼마나 확신에 차 있었던가! 문학작품 속의 인간은 나 같은 늙은이, 착종된 채 무엇인가 찾아헤매는 자, 삶이 참되기를 소망하는 자가 아니었다. 나는 성자가 아닌 것이다. 그렇다, 나는 결코 성자가 아니며 인간을 가르칠 자격이 없다. 나는 다만 다른 많은 사람들보다는 비교적 밝은 눈과 좋은 감각을 갖고서 신이 그의 세계를 찬양하도록 간구하는 자에 불과하다. 그런데 이제 와서 그토록 어리석게 생각되는 예술에 전념했던 과거에 나는 훨씬 더 참되고 진지했었는지 모른다."

그는 멈춰서서 무의식적으로 사방을 둘러본다. 지금 막 남몰래 진행하고 있는 소설을 비밀상자에서 꺼내오는 중이기에, 혹시 누군가 엿볼 수도 있으리라 염려되었기 때문이다(그는 공개적으로 예술을 "쓸모없는 것", "죄악"으로 멸시하고 천시해 왔기 때문이다). 사람들에게는 은폐된 작품《하지무라트Khadzhi Murat》와《위조수표Der gefäschte Coupon》가 그곳에 있는 것이다. 그는 책장을 넘기며 몇 페이지를 읽어본다. 그의 눈은 살며시 따뜻해진다. "거 참 잘 써졌는걸" 하며 흡족해 한다. "거 참 멋지군! 신은 그분의 세계를 묘사하라고 나를 부른 것이지 그분의 생각을 밝히라는 건 아니었다. 예술은 아름답고, 창작은 순수한 데 반해, 사유는 너무나 고통스러운 짓이다. 내가 저 소설책들을 썼을 당시에 나는 너무도 행복했었다. '결혼의 축복' 속에서 새벽을 묘사했을 때, 나도 모르게 기쁨에 겨워 눈물을 줄줄 흘렸다. 한밤중에도 나의 신부 소피아가 불타는 눈빛으로 방에 들어와 나를 포옹했었다. 구상한 것을 글로 옮길 때, 그녀는 조용히 곁에 머물면서 나의 소설에 감사를 보냈고, 이어서 우리는 밤새도록, 아니 살아가는 동안 항상 행복했었다. 그러나 이제 그 시절로 다시 돌아갈 수는 없을 뿐만 아니라, 사람들을 더 이상 실망시켜서는 안 될 것이다. 시작한 길을 계속 걸어야 하는 까닭은 그들이 애타게 나의 도움을 바라고 있기 때문이다. 나는 중단해서는 아니 된다. 이제 살 날도 얼마 남지 않았으니." 그는 한숨을 내쉬며 애호하는 소설책을 다시 비밀상자에 꾸려넣는다. 채무자처럼 말 없이, 분노를 삭이며 인생론을 계속 저술해 나가는 것이다. 이마는 주름이 잡히고 턱은 깊숙이 패어진 채, 원고지 위로 흰 수염이 간간이 펄럭인다.

어느새 정오가 되었고, 그만하면 오늘 일은 충분히 끝난 것이다! 펜을 놓고 그는 자리에서 벌떡 일어나 총총걸음으로 재빠르게 계단을 내려간다. 거기에는 마부와 총애하는 암말 데릴라가 대령해 있다. 그는 단숨에 말 등에 올라타 집필시에 구부러졌던 몸을 활짝 펴는데, 꼿꼿이 앉아서 코사크인처럼 사뿐히 말을 몰아 숲으로 달려갈 때면 진정 그는 나이보다는 훨씬 더 건장하고, 젊고 활기찬 모습이다. 하얀 수염은 바람결에 휘날리고, 두툼한 입술은 광야의 수증기를 마음껏 들이마시기 위해 벌려져 있다. 그는 삶을, 생동하는 것을 늙은 육체 속에서 느낀다. 끓어넘치는 탐욕의 피가 시원하게 흘러나와서 혈관을 타고 손끝과 귀뿌리까지 퍼져나간다. 이제 그는 신록의 숲에 들어서서는, 갑자기 질주를 멈추고 숲을 여기저기 둘러본다. 따스한 봄볕을 맞으며 몇 떨기 꽃송이들이 움트기 시작하고, 잎새와 줄기들은 옅은 빛을 부르르 떨며 함초롬히 하늘을 향한다. 그는 말 다리를 툭 쳐서 자작나무 숲으로 달려간다. 그의 독수리 같은 눈이 불을 뿜으며 한곳을 자세히 관찰한다. 그곳에는 미소한 생물체 개미들이 이리저리 줄지어 나무껍질 위에서 꿈틀거린다. 무엇인가 나르는 일단의 개미들은 배가 두툼해있고, 다른 개미들도 그 조그만 집게다리로 먹을 것을 움켜쥔다.

몇 분 동안 저 백발의 족장은 감동스런 모습으로 가만히 말 등에 앉아서, 경외의 눈빛으로 미물을 내려다본다. 어느새 그의 수염으로 눈물이 줄줄 흘러내린다. 이 얼마나 경이로운가! 자연이라는 신의 거울은 70여 평생 동안 한결같이 경이롭다. 그것은 조용히 침묵 속에서 말을 건네고, 영원히 다른 형상들을 포괄하면서 시시각각 움직이고, 진정 어떤 사상이나 물음보다 더 지혜롭다. 말이 참지 못하고 가쁜

숨을 몰아쉰다. 톨스토이는 그제서야 깊은 생각의 늪에서 깨어나 말 옆구리를 세차게 압박한다. 이제 거센 바람 속에서 미소함과 부드러움뿐만이 아니라 감각의 야성과 열정을 느끼려는 것이다. 그는 행복감을 만끽하며 무심히 말을 몰아 20킬로 이상의 먼 거리까지 달려간다. 어느새 굵은 땀이 말 옆구리에서 하얗게 방울을 만들며 반짝인다. 그러자 그는 집 쪽으로 선회하며 속도를 늦춘다. 그의 눈은 맑게 빛나고, 그의 영혼은 가볍게 비상한다. 70여 년간 다녔던 이 똑같은 숲길에서 머리가 하얀 노인은 어린애처럼 행복과 기쁨에 젖어 있다.

그러나 마을 근처에 도달했을 때 돌연 밝았던 얼굴이 어두워진다. 그는 농업전문가 같은 눈길로 들판을 자세히 관찰했다. 여기 그의 영지 한가운데 잘못되어 황폐해진 곳이 있는 것이다. 울타리는 썩어 빠져 반쯤은 무럭무럭 김이 서리고, 땅은 그대로 버려져 있다. 그는 화를 내며 마을로 달려가 안내할 사람을 불러낸다. 맨발에다 머리를 흐트러뜨린 지저분한 행색의 부인이 고개를 숙인 채 문을 열고 나오고, 반쯤은 벌거숭이 어린애들이 다 해어진 옷을 입고 그녀 뒤를 우루루 따라나온다. 지저분하고 퀴퀴한 냄새가 풍기는 오두막 뒤쪽에서는 문짝이 4분의 1쯤 주저앉아 삐그덕거리는 소리가 들려온다. 부인은 남편이 한 달 반 전에 벌목죄로 감옥살이를 하는 중이라고 무심한 투로 탄원한다. 튼튼하고 부지런한 남편 없이 어떻게 살림을 꾸려나갈 것이며, 남편은 굶주림 때문에, 주인께서도 잘 알다시피 흉작과 비싼 세금, 소작료를 낼 수 없어 벌목을 저질렀다는 것이다. 어머니가 탄원하는 것을 보고 있는 아이들은 함께 울부짖기 시작한다. 톨스토이는 더 이상 설명을 듣지 않으려고 급히 주머니에 손을 넣어 그들에게 동전을 건네준다. 그는 도망자처럼 서둘러 말을 타고 달아난다.

그의 얼굴은 침울하고, 기쁨의 빛은 감쪽같이 사라져 버렸다. "이런 일이 내 땅에서, 아니 내 처와 자식들에게 희사한 땅에서 일어나다니. 하지만 나는 무엇 때문에 항상 비겁하게 내가 행한 일과 죄를 처의 탓으로 돌리는 것인가? 모두 새빨간 허위극이고, 저 재산양도의 문제와는 상관없었다. 나는 잘 알고 있다. 나 자신도 농부 일에 신물 나듯이, 이제 농부들도 그런 곤궁 때문에 돈을 탐낸다. 내가 지금 앉아 있는 새로운 가옥의 기와 한 장도 그들의 피땀으로 구워진 것임에 틀림없다. 돌처럼 굳어진 살, 그들의 노동으로 이루어진 것이다. 그럴진대 내 것이 아닌 것, 쟁기로 갈고 경작하는 저 농부들의 대지를 어찌 내 처자식에게 물려줄 수 있었던가? 나는 내 이름을 걸고 신 앞에 사죄해야 한다. 항상 인간들에게 정의를 설교하면서도 날마다 비참함을 들여다보는 자, 레프 톨스토이라는 이름으로 사죄해야 한다." 그가 막 돌기둥을 지나 '장원'으로 들어설 때, 그의 얼굴은 분노로 가득 차면서 점점 더 어두워진다. 제복을 입은 하인과 마부가 말에서 내리는 그를 부축하려고 문 앞으로 달려나온다. 그러자 그는 속에서 수치심이 부글부글 끓어올라 "노예들 같으니"라고 말하며 무섭게 경멸의 말을 토해낸다.

벌써 널찍한 식당에는 하얀 식탁보에 은그릇으로 이루어진 긴 테이블이 그를 맞이한다. 처자식을 비롯한 비서와 주치의, 프랑스와 영국 여성들, 몇 명의 이웃사람들, 가정교사로 있는 혁명적 성향의 대학생, 그리고 그 영국인 특파원이 모여 있다. 사람들은 뒤죽박죽 어울린채 즐겁게 입김을 내뿜는다. 이제 장본인이 들어서자 그 즉시 소음은 쥐 죽은 듯 가라앉는다. 톨스토이는 근엄하고도 정중하게 손님들에게 인사하고는 아무 말 없이 식탁에 가서 앉는다. 하인이 최상품 채소요리, 특별히 조리한 외국산 아스파라거스를 가져왔을 때, 그는 자신이 동전 열 개를 희사했던 헐벗은 농군부인을 생각하게 된다. 그는 우울한 표정으로 앉아서 자신을 깊이 성찰한다. "내가 이렇게 살 수 없고 또 이렇게 살 생각도 없다는 것을 그들은 이해라도 했더란 말인가? 다른 사람들은 꼭 필요한 것조차도 소유하지 못하는데, 이렇게 하인들에게 둘러싸여 풍성한 점심과 은그릇으로 갖가지 호사를 누리기를 나는 원치 않는다는 것을 알 수가 있었겠는가? 물론 그들은 내가 그들의 희생만을 원한다고 알고 있다. 사치를 버리라는 것, 신으로부터 평등한 인간에 대해 저지르는 죄를 짓지 말라는 것, 그런 것만은 잘 알고 있다. 그러나 바로 나의 처로서 나와 똑같은 사고를 나누어야 할 그녀가 내 사상의 적으로 등장해 있는 것이다. 그녀는 내 목의 가시이자 나를 허위와 거짓된 삶으로 떨어뜨리는 양심의 부담이다. 나를 꽁꽁 동여매는 밧줄을 진작에 끊어 버렸어야 했다. 내가 그들과 무슨 관계가 있는가? 그들은 내 삶을 방해하고, 나는 그들의 삶을 방해한다. 나는 이 자리에서 쓸모없는 존재이고 나 자신과 그들 모두에게 부담이다."

자기도 모르게 적의가 생겨나서 그는 분노의 눈초리를 치켜뜨고 그의 처 소피아 안드레예브나를 쏘아 본다. 맙소사, 그녀는 너무도 늙어버린 것이 아닌가! 머리는 허옇고 이마에는 깊은 주름이 가로지르고 있으며, 움푹 패어진 입가에는 쓰디쓴 비애가 감돈다.

그러자 돌연 부드러운 감정이 노인의 심장에서 넘쳐 흐르는 것이다. 노인은 생각에 빠진다. "맙소사, 저 여자는 저렇게 우울해 보이고 슬퍼 보인다. 나는 그녀를 젊고 발랄하고 순수한 소녀 때 내 반려자로 삼았었다. 40년, 아니 45년간 우리는 함께 살아왔다. 소녀를 내 처로 삼았었는데, 나도 벌써 쓸모없는 고물이 다 되어 버렸다. 그녀는 내게 아이 열셋을 낳아 주었고, 창작하는 것도 도우면서 아이들을 키웠다. 그런데 나는 그녀로 인해서 무엇을 이루었던가? 절망에 가득 차고 거의 미쳐 광분하는 처에게서 수면제를 뺏었던 것도 그녀가 생을 포기하지 않도록 하기 위함이었건만, 결국 그녀는 나 때문에 불행해졌다. 저기 내 아들 녀석들, 그들도 나를 좋아하지 않는다는 것을 나는 알고 있다. 그리고 나 때문에 청춘을 빼앗긴 내 딸들이나 내 말을 기록하고 삽으로 말똥을 치우듯 낱말을 하나하나 추리는 저 비서 역시 나를 좋아하지 않는다. 이미 그들은 내 미라를 인간 박물관에 보존하려고 남몰래 방향제를 준비하고 있다. 그럼에도 저기 있는 영국 신사는 나에게 '인생'이 어떤 것인지 얘기해 달라고 노트를 가지고 기다린다. 신과 진리를 거역하는 죄의 원천이 바로 이 테이블이고, 무참히 벗겨져서 비밀도 없고 순수함도 없는 나의 집이다. 나라는 거짓말쟁이는 이 지옥 속에 유쾌하게 앉아서, 펄쩍 뛰어나가 내 길을 가지 못하고 따뜻하고 편안함을 누리는 것이다. 내가 진작 죽었다면 나 자신에게나 그들에게 더 좋은 일이리라. 이렇게 오래 살아도 나는 진실하지 못하다. 일찍이 내 시간은 끝나 버렸다."

다시 하인이 달콤한 과일과 밀크셰이크에 아이스크림을 넣은 음식을 그에게 권한다. 그는 성난 손을 움직여 은쟁반을 옆으로 밀친다. 그러자 소피아가 근심스런 표정으로 묻는다. "음식이 안 좋아요? 너무 과하신가요?"

톨스토이는 그러나 그저 퉁명스럽게 대답한다. "좋기는 한데 내게 너무 과하오."

아들 녀석들은 시무룩한 눈초리로 바라보고, 부인

은 불쾌해하고, 특파원은 갑자기 긴장한다. 사람들은 그가 경구를 함축적으로 말하려 한다고 생각한다.

마침내 식사가 끝났다. 그들은 일어나서 접견실로 들어간다. 톨스토이는 존경심을 갖고 있으면서도 그에게 대담하고 박력 있게 반박하는 젊은 혁명가와 논쟁한다. 톨스토이의 두 눈은 날카롭게 빛난다. 그는 거칠고 공격적으로, 큰소리로 자신의 견해를 주장한다. 예전에 미친 듯 사냥하고 테니스할 때처럼, 그는 논쟁을 벌일 때마다 흥분한다. 그런데 거칠게 논쟁하던 그가 돌연 기가 죽고 겸손해져서는 목소리를 낮춘다. "그러나 내가 잘못인 것 같구려. 신은 그분의 사고를 사람들에게 나누어 주었습니다. 인간이 공언하는 것이 그분의 것인지 자신의 것인지는 아무도 알지 못합니다." 화제를 바꾸기 위해 그는 다른 사람들에게 권고한다. "우리 잠시 공원으로 갑시다."

그런데 먼저 조금 지체되는 일이 발생한다. 장원 건너편에 있는 아주 오래된 느티나무 아래, "빈자들의 나무"라고 불리는 곳에, 걸인과 종교분파의 민중

대표가 "유령들"처럼 그를 기다리는 것이다. 충고를 받거나 돈을 얻으려고 그들은 30여 킬로미터 떨어진 곳에서 그를 찾아 방문하였다. 그들은 햇빛에 그을리고, 피로에 찌들고, 먼지를 뒤집어쓴 채 느티나무 근처에서 그를 기다린다. 장원의 '주인'과 '귀부인'이 가까이 다가오자, 그들 중의 몇 명은 러시아식으로 땅에 엎드려 절한다. 톨스토이는 재빠른 걸음으로 그들에게 다가간다. "당신들은 문의할 말이 있습니까?" "전하, 여쭐 것이 있습죠…." "난 전하라고 불릴 수 없고, 신만이 그럴 수 있는 거요." 톨스토이는 그렇게 말하는 사람에게 호통친다. 농부의 아낙네는 경악하여 모자를 고쳐쓴다. 이제 상세한 질문이 빗발친다. 참으로 대지는 농부의 것이고, 그렇다면 언제 몇 마지기 땅이라도 농부의 소유물이 될 것이냐고 그들은 묻는다. 톨스토이는 대답을 제대로 못하고 몹시 당황하여 머뭇거린다.

이때 산지기 한 사람이 끼어들며 신에 대한 갖가지 물음을 제기한다. 톨스토이는 그가 글을 읽을 수 있는지 물어본다. 그가 그렇다고 대답하자, 톨스토이는 《우리가 무엇을 해야 하는가Was sollen wir tun?》라는 책자를 갖다주고 그와 작별한다. 다음에는 걸인들이 줄지어 몰려온다. 톨스토이가 그들에게 각각 동전을 나눠주고 일을 마쳤을 때는 정신이 혼란해진다. 그가 몸을 돌리자, 특파원이 그 모습을 사진으로 촬영했음을 그는 알아차린다. 그의 얼굴은 수심에 가득 찬다. "이렇게 그들은 선량한 인간 톨스토이를 사진 찍는다. 농부들에게 자선가이자 고귀하고 인정 많은 사내를. 그러나 그 자는 내 심중을 꿰뚫어보고 나를 알고 있을지 모른다. 나는 결코 선량한 사람이 아니었고, 그저 선행을 배우려고 했을 뿐이다. 나는 나 자신 이외에는 진실로 몰두한 것이 없었다. 나는 결코 인심이 후한 것도 아니었다. 예전에 모스크바에서 하룻밤 사이에 노름으로 날린 돈의 절반도 빈자에게 기증한 적이 없었다. 내가 알고 있던 도스토옙스키가 한 달 내에 갚아야 하면서도 영원히 갚지 못했을 200루블을 갚기 위해 굶주린다고는 결코 생각하지 못했다. 그런데도 나는 가만히 앉아 가장 고귀한 인간으로 칭송받는 것이다. 마음속으로는 내가 겨우 걸음마 단계에 있는 미성숙아임을 잘 알고 있다."

그는 공원으로 산책을 나왔다. 이 민첩한 노인네가 수염을 휘날리며 성급히 걸음을 옮기는 바람에 다른 사람들은 가까스로 뒤를 쫓는다. 이제는 더 이상 많은 말이 필요없는 것이다. 그는 근육이 근질근질하고 육체의 갈망을 참을 수 없어서 잠시 딸아이들의 테니스 경기를 바라본다. 민활한 육체놀이의 순박함에 이끌리는 것이다. 노인은 몸동작 하나하나를 흥미롭게 바라보다가 멋진 스트로크가 성공할 때마다 호탕하게 웃어 젖힌다. 그의 우울한 심사가 부드럽게 누그러져서, 흥겹게 이야기를 주고받고 웃음을 터뜨린다. 그는 상쾌한 기분으로 저편 아지랑이 가물거리는 늪지대로 산보 나간다. 그러나 거기서 다시 작업실로 되돌아와서는 잠시 독서를 하다가 휴식을 취한다. 왜냐하면 도중에 간간이 피로가 엄습함을 느끼고, 걸음 또한 무거워졌기 때문이다. 노인은 홀로 부드러운 가죽 소파에 기대어 눈을 감는다. 몸이 나른하고 노쇠해졌음을 느끼며 그는 조용히 생각한다. "죽음을 유령 대하듯 두려워하면서 죽음 앞에서 나를 은폐하고 부정하려 했던 그 무서운 시간이 다시 찾아온들 그리 나쁘지는 않으리라. 이제 불안도 모두 사라져, 죽음에 가까이 가는 것도 편안하게 느껴질 따름이다." 그는 돌아누운 채 침묵 속에서 생각에 몰두한다. 이따금 연필로 낱말 하나를 급히 적다가 그것을 오랫동안 진지한 눈빛으로 응시한다. 오로지 자기 자신 및 사상과 대면하면서 감각과 꿈에 둘러싸여 있는 노인의 모습은 아름답기 그지없다.

저녁 무렵 또 한번 대화모임에 참석하러 내려온다. 작업이 끝난 것이다. 피아니스트인 친구 골덴바이저 씨가 연주하기를 원하는가 묻는다. 톨스토이는 "암, 좋구말구요!"라고 말하면서 피아노 곁에 기대서서 손을 이마에 얹는다. 그의 얼굴은 손그림자로 가려져 있는데, 이는 은혜로운 음향의 마술에 감동하는 모습을 남에게 보이지 않으려 함이다. 톨스토이는 눈을 지그시 감고 마음속 깊이 연주를 감상한다. 정말 놀라운 일이다! 그토록 큰소리로 마다하던 예술의 음향이 그의 폐부에 밀려들어와 연약한 감정을 모조리 자극한다. 음악이 울려퍼질 때마다 그의 모든 우울한 상념은 사라지고, 영혼은 부드럽고 섬세하게 변하는 것이다. "내가 어떻게 음악을, 예술을 모독할 수 있으랴" 하고 그는 마음속으로 조용히 생각한다. "예술이 없다면, 위안이 어디 있으랴? 사유란 음울하고, 지식이란 혼란스럽다. 신의 존재, 그것을 예술가의 형상과 말에서보다 더 명료하게 느낄 수 있는 것이 또 어디 있으랴? 베토벤과 쇼팽, 그대들은 내 형제다. 그대들의 눈초리가 지금 내 가슴에 쉬고 있음을 느낀다. 인간의 심장이 내 가슴에서 요동치고 있도다. 형제들이여, 그대들을 모독한 나를 용서하라." 연주는 장려한 화음으로 끝났다. 모두가 즉시 갈채를 보냈고, 톨스토이는 잠깐 머뭇거리다가 뒤늦게 갈채를 보냈다. 그의 불안한 심사는 말끔히 씻겨졌다. 부드러운 미소를 머금고 그는 손님들이 모여 있는 곳으로 들어가 대화를 즐긴다. 드디어 명랑하고 잔잔한 분위기가 그를 감싸며, 다채로웠던 하루가 끝나려는 참이다.

그러나 또다시, 그는 잠자기 전에 그의 작업실로 들어간다. 하루가 가기 전에 최종재판을 행할 작정이다. 늘 해왔던 대로 자신이 살아온 매 순간뿐만이 아니라 전 생애를 되돌아볼 시간인 것이다. 그는 일기책을 펼쳐놓는다. 양심의 눈초리가 텅 빈 일기장에서 그를 매섭게 쏘아본다. 톨스토이는 하루의 순간순간을 반추하면서 자신을 재판한다. 몇 푼 안 되는 동전만 집어 주고 나몰라라 그냥 지나친 그곳의 농부들과 비참함을 생각하고 죄책감에 사로잡힌다. 걸인들과 만났을 때도 불안해하였고, 그의 처에게도 불순한 생각을 했던 것 등이 기억 속에 되살아난다. 이 모든 죄를 그는 일기, 고발장에다 기록한다. 그의 재판기록은 분노스런 필치로 적혀 있다. "절름발이 영혼, 오늘도 나태했다. 선행을 제대로 베풀지 못했다! 여전히 나는 고행하는 법을 배우지 못했다. 내가 인간을 사랑하는 것이 아니라 인간이 나를 사랑하다니. 주여, 도우소서. 저를 도와주소서!"

이렇게 재판을 끝내면, 다음 날짜에는 '내가 살아 있다면'이라는 비밀부호 'W.i.l.'가 적힌다. 이제 삶의 작품을 완료하고, 하루가 지나간다. 노인은 어깨를 늘어뜨린 채 옆방으로 들어간다. 윗도리와 장화를 벗고 몸을, 천근만근 무거운 노구를 침대에 내던진다. 그리고는 평소처럼 우선 죽음을 생각한다. 여전히 생각이 나래를 펼치고 아롱다롱 그의 머리 위로 요동치며 날아가지만, 차차 그런 상념들도 나비처럼 점점 어두워지는 숲으로 사라져간다. 이미 희미한 잠의 그림자가 그에게 덮쳐오고 있으니….

아, 그러나 돌연 그는 소스라치게 놀라 잠에서 깨어난다. 발자국 소리라도 들렸던 것일까? 그렇다, 그는 옆방 작업실에서 살금살금 기어가는 발짝 소리를 듣는다. 그는 조용히, 웃통은 벗은 채 자리에서 일어나 타는 듯한 눈빛으로 열쇠구멍을 통해 내다본다. 정말로 옆방에서 불빛이 새어나온다. 누군가 램프를 가지고 들어가 서랍을 뒤지고, 그의 말과 양심의 언어를 읽으려고 일기장을 넘긴다. 바로 그의 처 소피아 안드레예브나가 들어온 것이다. 그의 마지막 비밀까지도 그녀는 알아내려고 기웃거린다. 사람들은 오직 신과 함께하는 그를 혼자 있게 내버려두지 않는다. 그의 집, 그의 삶, 그의 영혼의 구석까지도 사람들의 탐욕과 호기심으로 둘러싸여 있다. 그의 손은 분노로 부들부들 떨린다. 당장에 문고리를 잡아당겨 문을 열어젖히고 그를 배신하는 아내에게 달려갈 기세다. 하지만 마지막 순간에 노기가 누그러지며 "이게 나에게 부과된 시련이겠지"라고 중얼거린다. 그는 침대로 힘없이 되돌아가면서 입을 꽉 다물고 숨 한번 쉬지 않는다. 그것은 마치 자기 자신의 고갈된 우물 속으로 귀를 대고 엿듣는 것 같은 모습이다. 그는 오랫동안이나 잠을 이루지 못한다. 동시대의 가장 위대하고 강렬한 남성 레프 니콜라예

비치 톨스토이는 자기 집에서 배신당하고, 의심의
사슬에 묶여 고문당하고, 심한 고독을 못 이겨 얼어
붙는다.

결단과 변용

영원불멸을 믿기 위해서
우리는 여기서 불멸의 삶을 살아야 한다.
-1896년 3월 6일자 일기에서

1900년. 레프 톨스토이는 72세의 노령으로 세기의
문턱을 넘어섰다. 정신적으로 꼿꼿하게, 그러면서
도 전설적 인물로서, 백발의 영웅은 그의 완성을 향
해 다가간다. 나이 든 세계방랑자의 용모는 수염을
말끔히 깎아내어 전보다는 부드러운 기색이고, 점점
더 누레지는 피부는 무수한 주름과 루네 문자로 씌
어진 양피지처럼 얇게 빛난다. 가볍게 다문 입술에
는 이제 온유하고 인자한 미소가 그윽하고, 짙은 눈
썹은 좀처럼 성나서 곤두서지 않는다. 예전에는 성
난 아담이었던 그가 이제는 훨씬 너그럽고 성숙한

풍모를 자아낸다. 평생 동안 그를 사납고 방자한 인간으로만 알아왔던 그의 친동생은 그를 보고 놀라 "얼마나 그가 온순하게 변했는가!" 하며 탄성을 지른다. 실제로 과도한 정열이 사라지기 시작한다. 그는 자신과 죽도록 싸워 녹초가 되었고 고통에 사뭇 찌들어왔다. 그런데 마지막 황혼녘에야 그의 얼굴에는 새롭게 선량한 기색이 감도는 것이다. 이제 한번 그토록 초연한 얼굴을 보는 것은 감동적이다. 이는 마치 80년 동안이나 본성이 그 안에서 강렬하게 작용하다가, 마침내 이런 최종 형식으로 그의 고유미固有美, 백발의 위대하고 지혜롭고 관대한 숭고함을 현시하게 되는 것과도 같은 것이다. 그런데 이 변용된 형상에 따라 인류는 톨스토이의 외관을 두고두고 기억한다. 그리하여 세대가 여러 차례 바뀌어도 그의 진지하고 조용한 모습은 사람들의 영혼에 존귀하게 보존되리라.

그렇지 않다면 영웅적 인간상이 깎여나가 초췌한 얼굴에는 근엄함만이 완연할 것이다. 강경함은 이제 숭고함으로, 열정은 선량함과 온 인류에 대한 이해로 변해 버렸다. 그리고 실제로도 과거의 투쟁자는 오로지 평화만을, "신과 인간과의 화목"을, 심지어 철천지원수나 죽음과의 화해를 갈구한다. 죽음에 대한 두려움, 공포, 동물적 불안 등은 다행히 지나가 버렸다. 잔잔한 눈초리에 선한 빛을 드리우고, 고령의 노인은 가깝게 서 있는 인생의 무상함을 응시한다. "나는 내일이면 더 이상 살아 있을 수 없으리라 생각한다. 매일같이 이런 생각에 친숙해지려 할수록, 나는 점점 더 그것에 익숙해진다." 그런데 참으로 기이한 것은 이 불안의 발작이 톨스토이에게서 물러간 뒤로, 다시 예술가적 감각이 결집된다는 점이다. 노년의 괴테가 저 마지막 황혼기에 과학의 몰두로부터 '본업'으로 되돌아오듯이, 설교자이자 도덕주의자였던 톨스토이도 70세와 80세 사이에는 그가 오랫동안 거부했던 예술로 다시금 되돌아온다. 또다시 지난 세기의 가장 명망 있던 시인이 새로운 세기에 들어와서도 전처럼 위용 있는 모습으로 소생하는 것이다.

그의 현존의 무서운 쇠락을 용기 있게 떠받치면서 백발의 노인은 코사크 시대를 생각하고 무기와 전쟁으로 덜컹거리는 일리아드적 서사시 《하지 무라트》를 창작한다.―이 작품은 그의 삶의 가장 풍부한 시기에서처럼 소박하고 위대한 서사적 필치로 씌어진 하나의 영웅설화시이다. 〈살아 있는 주검〉의 비극, 〈무도회가 끝나고〉와 〈코르네이바실리예프Kornej Wasiljew〉와 같은 잘 다듬어진 단편들, 그 밖에 많은 설화들은 불유쾌한 도덕주의자로부터 돌아선 예술가의 찬란한 귀환과 정화를 입증한다. 백발노인의 이 후기작품들 어느 곳에도 허술하고 쇠퇴한 면은 전혀 엿보이지 않는다. 원숙한 노년기의 눈빛이 인간의 영원히 감동적인 운명을 순수하고도 침착하게 반추한다. 이제 '현존재의 재판관'이 다시 '시인'이 되어버린 것이다. 예전에는 신성의 오묘함 앞에서 방자하던 삶의 교육자가 기적적으로 그의 연령을 자인하면서 경외심으로 고개를 수그린다. 종국적 삶의 물

음에 대해 초조해하던 그의 호기심은 부드럽게 완화
되어 점점 더 가깝게 다가오는 무한성의 파도 소리
에 겸허하게 귀 기울인다. 레프 톨스토이, 그는 그의
인생을 마감하는 황혼기에 들어와 참으로 슬기롭게
변했으나, 여전히 노쇠하지는 않았다. 원초세계의
농부처럼 부단히, 그는 펜대가 차가운 손에서 닳아
없어지도록 일기장에다 사고의 광대무변한 밭을 갈
고 일군다.

그도 그럴 것이 운명으로부터 의미로서 부여받은
지칠 줄 모르는 인간의 열정은 극단적 순간에 이르
도록 진리를 위해 투쟁하기를 쉬어서는 안되는 까닭
이다. 최종적이고 가장 성스러운 노동은 여전히 완
성을 고대하는데, 이는 더 이상 삶이 아니라 그 자신
의 머지않은 죽음과 연관되어 있다. 죽음을 가치 있
고 전형적으로 형상화하는 것이 이 강렬한 형성자의
최후 노력이기에, 그는 전력을 다하여 일에 매진한
다. 톨스토이에게 그의 예술작품의 어떤 것도 자신
의 죽음만큼 오랫동안 열정적으로 창조된 것은 없었

다. 그는 순수하고도 만족할 줄 모르는 예술가로서 바로 이런 그의 가장 인간적인 행위를 인류에게 완벽하게 전달하고자 하는 것이다.

순결하고 거짓 없는 완벽한 죽음의 싸움이야말로 진리를 얻으려는 투쟁자의 70년 전쟁에서 최후의 결전이 되는 동시에 가장 처절한 희생이 되는데, 왜냐하면 그것이 자신의 생명을 겨누고 있기 때문이다. 나중에야 우리에게 해명되는 수치심을 가지고 그가 항상 거부해왔던 마지막 행위, 최종적이고 반박할 수 없는 자기 소유물로부터의 완전한 분리는 아직도 이행되어야 한다. 가면 갈수록 톨스토이는 이런 면에서 최후의 결전을 회피하고 전략적 후퇴만을 꾀하여 적을 물리치고자 하는 쿠투소프Kutusow와 닮아갔는데, 일찍이 그는 그의 능력의 최종적 발휘, 철저한 양심을 두려워하여 "행위 없는 지혜"로 도피하곤 했었다. 삶을 넘어서서 그의 작품에 대한 권리를 포기하려는 시도는 가족의 극심한 저항에 부딪쳤고, 이를 냉정하게 물리쳐 행위로써 극복하기에는 그가 너무 유약하고 진실로 인간적이었다. 그는 실로 수년간이나 자신을 절제하여 사적으로 돈을 만지거나, 그에게 들어온 수입을 유용하지도 않았다. 그러나 ─그 자신도 탄식하는 바와 같이─ "내가 일관성이 없다는 비난을 받지 않기 위해 원칙적으로 모든 재산을 부인하고, 인간들 앞에서 수치심을 느끼지 않도록 재산을 걱정하지 않았던 상황은 근본적으로 내가 이런 것을 무시했었던 까닭이다." 매번 그의 가장 가까운 문중에서 비극을 일으켰던 그 결실 없는 이런저런 시도에도 불구하고, 그는 분명하고 확고한 결단을 그 자신의 유언장으로 남김없이 넘겨서 언제인가 찾아들 죽음의 시점을 기약한다.

그러나 그가 80세 되던 1908년, 가족이 그의 탄생일을 상당한 자본으로 기획한 전집 발간 기념식으로 이용하자, 모든 재산을 공개적으로 하찮게 여기던 톨스토이도 더 이상 가만히 있을 수 없게 된다. 80세의 나이로 레프 톨스토이는 눈을 크게 뜨고 결전에 임해야만 하는 것이다. 그리하여 러시아의 순레지 야스나야 폴랴나는 대문을 굳게 걸어잠근 채 톨스토이와 그의 문중의 보이지 않는 격전지가 되어 버린다. 그들의 암투는 돈처럼 사소한 것이 문제시되지 못할 만큼 격렬하고 처절하다. 그의 일기장에 기록된 경악의 부르짖음조차도 그 경악의 어렴풋한 윤곽만을 제시할 따름이다. "이 더럽고 죄 많은 재산으로부터 벗어나는 것이 얼마나 어려운 일인가"라며 그는 1908년 7월 25일자 일기에서 탄식해 마지 않는데, 왜냐하면 문중의 절반가량이 굶주린 손톱으로 이 재산 다툼에 끼어들기 때문이다. 여기에는 가장 의심스런 종류의 통속소설에나 나오는 장면들이 펼쳐진다. 깨어진 창틀, 움푹 패어진 장농, 귓속말로 소곤거리는 대화, 금치산 선고의 시도, 이런 것들이 가장 비참한 눈빛들, 톨스토이 부인의 자살시도와 그의 도피하고 싶은 충동으로 뒤바뀐다. 그가 칭하는 바와 같이 "야스나야 폴랴나의 지옥"이 문을 여는 것이다. 하지만 바로 이 극단적 고뇌로 인하여 톨스토이는 마침내 최종적인 결단을 내린다. 그가 죽기 몇 달 전, 그는 드디어 자신이 맞이할 죽음의 순결과 정직을 위해 불명료하고 모호한 태도를 더 이상 견지하지 않고 후세에 유서를 남기기로 결심한다. 불명료하나마 그 유서를 통해 그의 정신적 자산은 전 인류에게 넘겨지는 것이다. 그런데 이 최후의 진실을 수행하기 위해서는 여전히 최후의 거짓이 필요했다. 그가 집에서 자신의 거동이 은밀히 감시받고 있음을 느꼈을 때, 그는 82세의 노인으로서 모르는 체 말을 타고 근처의 그루몬트 숲으로 나들이 나간다. 늙은 톨스토이는 그곳 숲 속 나무 그루터기 위에서 —우리 세기에 있어서 가장 극적인 눈빛을 하고서— 뒤쫓아온 세 명의 증인과 아직도 헐떡거리는 말들을 앞에 두고, 자기 삶을 초월하여 그의 의지에 합당한 힘과 효력을 발생시키는 저 유언장에 서명하는 것이다.

이제 그는 발에 감긴 쇠사슬을 집어던지고, 결정적 행위가 이루어졌다고 믿는다. 그러나 가장 어렵고 중대하며, 가장 필연적인 행위가 여전히 그를 기다린다. 수다쟁이들이 득실거리는 이 집에서 비밀이 지켜질 수는 없었다. 톨스토이가 은밀히 일을 처리했다는 것을 부인이 곧 눈치채고, 급기야 가족이 이 사실을 알게 된다. 그들은 유서를 찾아 상자와 장농을 뒤지고, 어떤 기미라도 알아차리려고 일기를 샅샅이 검토한다. 톨스토이 백작부인은 가증스런 동조자 체르코프가 방문을 철회하지 않는다면 자살하겠노라 위협한다. 이제 톨스토이는 욕정과 사리사욕, 증오와 소란의 와중에서는 그의 최후의 예술작품, 완성된 죽음을 형상화할 수 없음을 인식한다. 불안이 이 백발노인을 무섭게 엄습하는데, 가족이라는 것이 "아마도 정신적 관점에서 가장 장엄할 수 있는, 그의 소중한 순간들마저 소모시킨다." 이럴 즈음 또다시 그의 감정의 심층으로부터 문득 떠오르는 것은, 성서의 말씀처럼 완성을 위해서는 처자식을, 신성을 위해서는 재물을 버려야 한다는 생각이다.

그는 이미 집에서 두 번 도주한 바 있었다. 첫 번째는 1884년의 일로서, 그는 중도에 그만 기력을 잃고 말았다. 당시에 톨스토이가 그의 처에게로 되돌아오지 않을 수 없었던 까닭은 그녀가 산고產苦를 당하고 있었거니와 그날 밤 아이를 출산했기 때문이다.—이제는 성장하여 그의 곁에 서 있는 딸아이 알렉산드라는 그의 유언장을 보존하고 그의 마지막 가는 길에 기꺼이 조력자가 되어준다. 13년 뒤인 1897년, 그는 두 번째로 집을 뛰쳐나오고, 그의 처에게는 양심의 강박을 자세히 서술하고 있는 그 불멸의 편지를 남겨놓는다. "나는 집에서 도피하기로 결심했소. 이렇게 하는 첫 번째 이유는 세월이 흐르면 흐를수록 삶이라는 것이 점점 더 나를 억압하고, 그런 만큼 나는 점점 더 고독을 동경하기 때문이고, 두 번째 이유인즉 이젠 아이들이 다 장성하여 나라는 존재가 더 이상 집에서 불필요하기 때문이라오…. 요점을 말하건대, 나이 든 종교적 인간이라면 누구나가 —인도인들이 일단 예순의 나이에 접어들면 모든 것을 떨치고 숲으로 들어가듯이— 그의 마지막 세월을 오락과 놀이에 보내고, 수다나 테니스에 전념하려는 것이 아니라 신에게 헌신하려는 소망을 느낀다오. 내 나이 칠십 줄에 들어선 지금, 나의 영혼 또한 평안과 고독에 대한 동경에 사로잡히오. 그렇게 할 때만 나는 ―설령 그것이 완전히 이루어지지 않을지라도― 나의 양심과 조화를 이루며 살게 되거나, 또는 내 생활과 종교 사이의 거대한 불화를 떨쳐 버릴 수 있을 것이오."

그러나 당시에도 역시 톨스토이는 인정에 치우쳐 집으로 되돌아왔다. 이번에도 마찬가지로 자기 자신을 찾으려는 그의 힘은 강하지 못했고, 신의 부르심 또한 충분하지 않았다. 한데 이제, 그의 첫 번째 도피가 있은 지 26년이요 두 번째 도피가 있은 지 13년 뒤, 먼 곳으로의 끌림이 전보다 더욱 고통스럽게 시작되고, 그의 냉철한 양심은 어떤 알 수 없는 힘에 의해 찢겨짐을 느낀다. 1910년 7월 톨스토이는 일기장에 다음과 같은 말을 적고 있다. "나는 도피하지 않을 수 없다. 그걸 이제 나는 진지하게 생각하나니, 자 너의 기독교정신을 보이거라. 지금이 바로 기회인 것이며, 아니면 이런 기회는 앞으로 없으리라. 여기서는 어떤 자도 나의 존재를 필요로 하지 않는다. 주여, 저를 돕고 가르치소서. 저는 단지 하나만을, 나의 의지가 아니라 당신의 의지만을 행하고자 하나이다. 저는 이렇게 쓰고 묻습니다. 그게 정말 참된 것입니까? 저는 당신 앞에서 정말 교만한 것은 아닐까요? 주여 도우소서! 도우소서! 도우소서!" 그러나 이번에도 그는 망설이며, 다른 자의 운명을 걱정하여 자제한다. 항상 톨스토이 자신은 그의 죄 많은 소망을 두려워하고, 자신의 영혼에 경악한 채 고개 숙여 어떤 소리에 귀 기울인다. 바야흐로 내면의 외침이 아니라 절대적 명령을 수행하는 사도의 음성이 자기 의지가 머뭇거리고 망설이는 순간에 천상으로부터 내려오는 것인지를 주의 깊게 경청하는 것이다. 마치 그가 헌신해 왔고 그 지혜를 믿어왔던 절대적 의지 앞에 무릎 꿇고 기도하듯이, 그는 일기에서 자신의 불안과 동요를 솔직하게 고백한다. 그리고 이미 그는 운명과 무의미성에 대해 알지도 못한 채

신에게 자신을 바쳤다고 생각한다.

그러자 시기적절하고 가장 적당한 순간에 그의 귓가로 돌연 어떤 음성, 성담聖譚에 나오는 태초의 말씀이 들려온다. "일어나 머리를 들고, 외투를 입고 순례자의 막대기를 들지어다!" 그리하여 그는 정신을 차리고 일어나 그의 완성을 향해 뚜벅뚜벅 걸어간다.

신으로의 도피

혼자서만 신에게 가까이 갈 수 있나니.
— 일기에서

때는 1910년 아침 여섯 시쯤 되었으리라. 나무들
사이에는 아직도 어두운 밤이 걸려 있는데, 한 쌍의
인영人影이 야스나야 폴랴나의 저택 주변을 살그머
니 기웃거린다. 열쇠 소리가 딸그락거리더니 문이
슬며시 열리고, 마구간에서는 마부가 소리나지 않도
록 아주 조심스럽게 말에다 마구를 얹는 한편, 두 개
의 방에서는 흔들리는 그림자들이 서성거린다. 차양
으로 가린 손전등을 가지고 온갖 꾸러미들을 더듬고
진열장과 장농을 열어본다. 그러고서 그들은 소리
없이 열려진 문을 통해 빠져나와서, 무어라고 소곤

거리며 정차장의 더러운 바닥을 조심스럽게 지나간다. 이때 마차 한 대가 조용히 굴러와서는, 집 뒤로 우회하여 정차장 통로 쪽으로 나아간다.

과연 무슨 일이 일어나고 있는가? 마침내 차르 제국의 경찰이 이 수상한 자의 집을 검색하기 위해 사방을 포위하고 있단 말인가? 아니다, 누가 침입한 것이 아니라 레프 니콜라예비치 톨스토이가 의사를 대동하고 그의 존재의 감옥을 뛰쳐나온다. 주님의 부르심이, 도저히 항거할 수 없고 결정적인 신호가 그에게 전해진 것이다. 또다시 그는 남몰래, 그리고 신경질적으로 그의 서류를 샅샅이 뒤지는 부인을 한밤중에 깜짝 놀라게 만들었던 것으로, 그는 갑자기 "그의 영혼을 저버렸던" 그의 처에게서 떠나기로 굳게 다짐하였다. 신에게든 자기 자신에게든, 또는 그에게 할당된 죽음에게든 상관없이 그는 어디론가 달아나기로 결심하였다. 갑자기 톨스토이는 작업복에 외투를 걸치고, 두툼한 모자를 쓰고, 고무장화를 신었다. 가져가는 재산이라고는 정신적 인간이 인류에게 자신을 알리기 위해 필요한 것, 일기장과 연필이라든가 펜대 이외에는 전혀 없었다. 역에서 그는 그의 처에게 급히 편지를 써서는 마부를 통해 집으로 보낸다. "나라는 노령의 인간이 평상시에 하는 대로 행했소. 내 말년의 여생을 은거생활과 조용한 분위기 속에서 보내기 위해 나는 이 세속의 삶을 떠나는 것이오." 편지를 보낸 후 그들은 기차에 올라타, 3등 칸의 지저분한 좌석에 앉는다. '신으로의 도피자' 레프 톨스토이는 단지 의사만을 대동하고, 외투를 뒤집어 쓴 채로 여행길에 오른다.

그러나 그는 더 이상 레프 톨스토이로 자처하지 않는다. 두 세계의 지배자 고故 칼 5세가 에스코리알 관 속에 묻히기 위해 권력의 휘장들을 자기 뜻대로 떼어냈던 것처럼, 톨스토이는 재화, 집과 명성과 같은 것, 이름까지도 팽개쳐 버렸다. 그는 이제 새로운 삶과 동시에 순수하고 올바른 죽음을 창조하려는 자의 고안된 이름, 니콜라예프T. Nikolajew로 자칭한다. 모든 인간적 유대는 마침내 해체되고, 그는 이제 낯선 거리의 순례자이자 교리와 솔직한 말씀에 따르는 종복이 되었다. 그는 샤마르디노 수도원에서 수녀원 장으로 있는 그의 누이와 작별을 고한다. 백발이 성성하고 노약한 두 사람은 평안과 잔잔한 고독으로 변용된 수도자들과 함께 앉아 있다. 그러고서 며칠 뒤 저 첫 번째 실패한 도주의 밤에 태어난 아이였던 딸이 그에게 찾아온다. 하지만 여기 이 조용함 속에서도, 그는 자신이 쫓기면서 또다시 그의 집에서의 불명료하고 진실성 없는 현존으로 되돌아가는 상태에 도달하게 될까 두려움을 느낀 나머지 이를 도저히 견디지 못한다. 그래서 그는 다시 보이지 않는 손가락에 사로잡혀서, 10월 31일 새벽 네 시에 돌연 딸을 깨워 어디론가, 불가리아와 코카서스 및 외국 등지로 급히 떠난다. 명성과 인간들이 더 이상 그를 쫓지 못하는 어딘가로, 마침내 자기 자신의 고독으로, 신에게로 향하는 것이다.

그러나 그의 삶과 교리의 무서운 적, 명성은 번민의 뿌리이자 유혹의 근원임에도, 그는 여전히 그것을 희생시키지 않는다. 세계는 '세계적' 인물 톨스토이가 그 자신의 본원적 의지, 그의 알려는 의지에 속하도록 허락하지 않는다. 이를테면 도주자 톨스토이가 모자를 이마까지 깊숙이 눌러쓰고 마차에 앉자마자, 여행자 중의 하나가 이미 세계의 거장을 알아보았고, 이어서 일행들 모두가 그를 알아보게 되는 것이다. 그리하여 비밀은 사방으로 누설되고, 가는 곳마다 신사 숙녀들이 그를 보려고 마차 문 밖으로 몰려온다. 이들을 부추기는 신문들은 대서특필로 감옥을 뛰쳐나온 소중한 괴인에 대해 보도한다. 이미 그의 행적은 누설되어 사람들로부터 둘러싸인다. 또 한번, 아니 이제는 마지막으로, 완성을 향한 톨스토이의 도정에 명성이 떨어진다. 기차가 질주하는 선로 옆쪽의 무선전신기들은 타전 소리로 요란하다. 모든 역들은 경찰의 협조를 얻어 통제되는가 하면, 해당 관청의 관리들이 총동원되어 임시열차를 예약한다. 기자들은 모스크바나 페테르부르크, 니슈니에노브고로트 등 각처에서 톨스토이라는 탈주자를 취재하러 나선다. 정교회 본부에서도 참회자를 인도하도록 신부 한 분을 파견한다. 갑자기 낯선 인물이 기차에 올라타 항상 새로운 가면을 바꿔 쓰고 톨스토이가 앉은 좌석 곁을 지나가면, 그는 범인을 쫓는 탐정인 것이다.—실로 명성이 범인을 달아나도록 내버려두지 않는다. 레프 톨스토이는 홀로 있어서도 안 되고, 홀로 있을 수도 없다. 사람들은 그가 자기 자신에 속한 채 그의 신성을 성취하도록 허용치 않는다.

사람들이 그를 에워싸고 포위하여, 그가 몸을 숨길 덤불이라고는 어디에도 없다. 기차가 국경에 도달하면, 관리가 나타나 정중하게 인사하면서 그의 국경통과를 거부할 게 뻔한 노릇이다. 그가 휴식을 취하려 할 때에도, 명성이 항상 그에게 팔을 벌려 그를 몹시도 피곤하고 부자연스럽게 만들 것이다. 실로 그는 명성으로부터 빠져나가질 못하는데, 그놈의 발톱이 그를 꼼짝 못하게 움켜잡고 있는 것이다. 그런데 이때, 딸아이는 아버지의 노약한 육체가 차가운 한파에 덜덜 떨고 있음을 불현듯 깨닫는다. 그는 기진맥진하여 딱딱한 나무의자에 몸을 기대고 앉아 있다. 몸을 떨 때면 온몸의 땀구멍에서 땀이 흘러 나오고, 이마에도 땀방울이 줄줄 흘러내린다. 이는 그의 혈관에서 나오는 열기 때문인 것으로, 병은 그의 곤경을 구원하도록 그에게 들이닥친다. 그리고 이미 죽음이 찾아들어 추적자들을 막아주는 외투를 슬며시 벗기려 하는 것이다.

조그만 기차역 아스타포보에서 그들은 내려야 한다. 중환자는 더 이상 여행을 계속할 수 없기 때문이다. 그러나 이곳에는 그가 숙박할 여관이나 호텔, 영빈관도 전혀 없다. 역장은 송구스러워하면서 1층 목조건물로 된 역사驛舍의 임시숙소를 제공한다(그 이후로 이곳은 러시아의 대표적 순례지가 된다). 사람들은 추위에 떠는 노인을 안으로 데리고 가는데, 그가 꿈꾸었던 모든 것은 돌연 참된 것으로 존재한다. 거기에는 불결하고 칙칙하며, 악취와 빈곤으로 가득 찬 작은 방 하나에, 철침대와 석유 램프의 어스름한

빛만이 그를 기다린다. ―몇 킬로미터만 가도 그가
도망쳐나온 사치와 안락이 있는 것과는 너무나 대조
적이다. 모든 것이 죽음을 맞이하는 마지막 순간에
그의 본원적 의지가 원했던 그대로 되고 있다. 죽음
은 순수하고 앙금 없이, 숭고함의 상징으로서 예술
가의 손길에 조용히 복종한다. 며칠이 지나자 이 죽
음의 위대한 건축물은 높이 높이 찬양되어서, 그의
교리는 한층 고양될 뿐만 아니라, 그것이 더 이상 사
람들의 악의에 의해 침해받거나 그의 원초적 소박함
때문에 방해받고 훼손되지 않는다. 명성의 닫혀진
문밖에서 조용히 애를 태우며 숨어 있어도 소용없는
짓이고, 기자와 호기심을 참지 못하는 사람들, 염탐
꾼들과 경찰, 헌병들과 정교회에서 파견된 신부, 차
르 제국에서 선발된 고위관리들이 우르르 몰려와 기
다려도 헛된 일이다.

그들의 소란하고 뻔뻔스런 관여에도 불구하고 톨
스토이의 최종적 고독에는 아무런 영향도 끼치지 않
는다. 다만 딸만이 그를 간호하고, 조용히 겸허한 자

세로 애정을 보내는 친구 한 명과 의사가 묵묵히 그의 주변에 서 있을 뿐이다. 침실용 책상에는 신神을 향한 그의 음성이 담긴 조그만 일기장이 놓여 있으나, 열병으로 떨리는 손은 더 이상 필묵을 옮길 수 없다. 그리하여 그는 거친 호흡과 희미한 목소리로 딸에게 그의 최후의 생각들을 받아적게 한다. 이에 따르면 신이란 "저 무한계의 우주와 같은 데 반해, 그 일부분인 유한존재 인간은 신의 현시를 시간과 공간 및 질료로서 느낀다." 그는 이 지상적 존재가 오직 사랑을 통해서만 다른 존재의 삶과 화합한다고 고지한다. 임종을 맞이하기 이틀 전, 그는 모든 감각을 있는 대로 발휘하여 도달할 수 없는 최상의 진리를 파악하려고 애쓴다. 그러고서야 이 광채 어린 뇌수에 서서히 어둠이 내려앉는다.

밖에는 사람들이 신기하고도 불손한 표정으로 몰려든다. 그는 그들을 전혀 느끼지 못한다. 그와 48년간이나 인연을 맺었던 그의 처 소피아 안드레예브나도 멀리서나마 한번 그의 얼굴을 보려고 참회의 눈물을 줄줄 흘리며 창문 너머로 기웃거린다. 그러나 그는 그녀 또한 알아차리지 못한다. 살아 있는 사물은 가장 명철한 인간 중의 인간에게 점점 더 낯설어지고, 파열된 혈관을 통해 흐르는 피는 갈수록 어두운 빛깔로 응고되어간다. 11월 4일 밤, 그는 다시 한번 몸을 뒤틀고 일어나 이렇게 중얼거린다. "그러나 농부들… 농부들은 어떻게 죽는가?" 여전히 끈질긴 삶은 죽음에 격렬히 항거한다. 11월 7일이 되어서야 비로소 죽음이 영생자永生者에게 닥쳐온다. 백발이 성성한 머리는 베개 속으로 파묻히고, 세계를 어느 누구보다도 더 통찰력 있게 바라보던 두 눈은 멀거니 꺼진다. 그런데 이제서야 성급한 구도자는 모든 삶의 진리와 의미를 드디어 깨닫는다.

종 결

인간은 죽었으나 그의 세계관계는 계속해서 다른 인간들에게
영향을 미친다. 이는 단지 살아 있을 때만큼만이 아니라
그보다 훨씬 강렬하다. 그의 영향은 그의 이해력과
사랑으로 인해 상승하며, 살아 있는 모든 것처럼
중단 없고 끝도 없이 성장한다.
– 서신

막심 고리키는 언젠가 레프 톨스토이를 "인간미 있는 인간"이라는 가장 빼어난 말로 지칭한 바 있었다. 그도 그럴 것이 그는 우리 모두와 함께하는 인간이자, 똑같은 인간적 약점을 갖고 태어나 똑같은 지상적 불충분성을 지니고 있으면서도, 인간을 누구보다 더 깊숙이 통찰하고 그들로 인해 더욱 심각한 고통을 앓았기 때문이다. 레프 톨스토이는 실상 다른 종류의 인간, 다른 동시대인들보다 더 도덕적이

고 분별력 있고, 명석하면서도 열정적이었을 따름이다.—그는 마치 세계적 예술가의 작업실에서 창조된 저 보이지 않는 근원 형식의 첫 번째 각인이자 가장 투명한 표본처럼 보인다.

톨스토이는 그러나 모호하고도 가끔은 난해한 구상을 통하여 우리 모두를 포괄하는 이 영원한 인간상을 가능하면 우리의 혼탁한 세계 한가운데서 완벽하게 표현하려는 것을 본질적 삶의 행위로 선택한다.—결코 끝나지 않고, 결코 완결되지 못하는 이중의 영웅적 행위도 이 때문이다. 그는 감각의 순수한 사실을 얻기 위해 가장 표면적인 현상에서 인간을 찾는 동시에, 범인凡人은 엄두도 내지 못하는 깊이로 침잠하면서 자기 양심의 비밀공간에서 인간을 찾았다. 이 전형적으로 윤리적인 천재는 근엄하고 냉철한 태도로 영혼의 골짜기를 가차없이 파헤침으로써, 우리의 저 완전한 원초형상을 그의 세속적 표피로부터 해방시키고, 전 인류에게 고귀하고 신과 닮은 모습을 제시하려 하였다. 그는 결코 편히 쉬고 자족하거나 예술의 순수 형식유희를 즐기지 않는다. 이 대담무쌍한 조형자는 80년간이나 자기서술을 통한 자기완성의 놀라운 작품에 매진한다. 괴테 이후의 어느 시인도 그렇게 동시에 자신과 영원한 인간을 명료하게 표현한 일이 없었다.

그러나 겉으로 볼 때만은 자기영혼의 시련과 각인을 통한 세계도덕화의 영웅적 의지도 이 일회적 인간의 숨결로 끝나 버린 것처럼 보인다. ―하지만 살아 있는 것으로 침투해 들어가는 그의 본질의 강렬한 충동은 확고하고도 지속적으로 형상화되면서 두고두고 영향을 미친다. 지금까지도 번쩍이는 두 개의 회색빛 동공을 섬뜩해 하면서 들여다본 몇몇 사람들은 그의 현세성의 목격자로서 현존한다. 그렇지만 일찍이 톨스토이라는 인간은 신화가 되어 버렸다. 그의 삶은 인류의 드높은 전설이 되었고, 자기 자신에 대한 투쟁은 우리 세대뿐만 아니라 다른 세대에도 하나의 범례가 되어 버린 것이다. 왠고하니 매사를 희생적으로 생각하고 영웅적으로 수행하는

인간이란 우리의 밀폐된 대지에서 항상 모든 인간을
위한 업적을 남겼던 것으로, 인류는 한 인간의 위대
성으로부터 새롭고 더 큰 척도를 얻기 때문이다. 무
엇인가 추구하는 정신적 인간은 오직 참된 자들의
자기고백을 근거로 그의 한계와 법칙을 예감한다.
오직 그런 예술가들의 자기형상화에 의해서만 인류
의 영혼, 저 천재의 형상은 현세적으로 파악될 수 있
으리라.

톨스토이